PLAIDOYER

DE Mᴱ GLADE,

POUR

M. PONCELET.

(Conspiration dite de la rue des Prouvaires.)

PARIS.

IMPRIMERIE DE AUGUSTE AUFFRAY,

PASSAGE DU CAIRE, N. 54.

1832.

PRÉLIMINAIRE.

Je n'avais pas l'intention de publier cette plaidoierie. Satisfait d'avoir arraché un homme de cœur et de caractère au double échafaud qui menaçait sa tête, ce succès me suffisait et me tenait lieu de tout suffrage. Mais pressé par les demandes réitérées de mes confrères et de plusieurs personnes qui assistèrent à ces longs et solennels débats, pressé surtout par cette idée qu'ils firent valoir que, ne fut-ce que pour verser le produit de cette publication à la caisse des condamnés malheureux, je devais contribuer par cet acte au soulagement de leurs peines communes ; je me suis décidé à coordonner et fixer avec soin le développement du système de défense que j'ai adopté, et qui a été entendu avec bienveillance. Quelque difficile qu'il soit, et on le sent, de ressaisir à tête froide et de produire sur le papier une improvisation née de la plénitude et de la direction des débats, de la connaissance intime de l'affaire et de la gravité de situation où l'avocat se trouve alors, je crois néanmoins être arrivé, à quelque chose près, à rétablir dans ce travail l'ensemble de mes paroles.

Puisse donc ce plaidoyer, expression sincère des faits, expression sincère aussi de ma conviction personnelle, attirer les regards de ceux qui vont le lire sur un citoyen si digne de sympathie par son patriotisme, et de pitié

par sa position : puisse-t-il ouvrir les cœurs à une généreuse sollicitude ! Une femme et trois enfans en bas
âge, sans ressources comme sans moyens d'existence le
réclament aussi à grands cris. Si je pouvais, par cette
publication, obtenir pour eux quelque adoucissement à
leur sort, j'aurais atteint le but désiré, et ce serait
encore un succès pour moi, puisque j'aurais gagné une
seconde fois cette cause désespérée.

PLAIDOYER

POUR

M. PONCELET.

Notre époque, devenue si positive, et par suite si pauvre d'enthousiasme, court après le merveilleux quel qu'il soit, comme après la dernière illusion sociale. Elle en veut à tout prix, le cherche, l'invoque, l'emprunte aux siècles et à l'histoire, et a fini par l'introduire en toutes choses dans les plus légères comme dans les plus graves.

Celui qui a rédigé l'acte d'accusation qui nous occupe, me semble posséder cette tendance au merveilleux, du moins à l'occasion du procès-verbal actuel; il n'a pu se soustraire au besoin d'en créer. Il y a vu en effet un drame tout entier, avec ses conditions vitales, ses accidens variés, sa péripétie sanglante; il y a trouvé une exposition, une action, un dénouement tragique, enfin, avec accompagnement de morale. Ainsi, les accusés classés par cet acte d'accusation dans la première catégorie, sont chargés de nous faire l'exposition de ce drame : son action réelle commence à mon client et lui est confiée conjointement avec d'autres accusés, placés sur un autre plan : pour le dénouement tragique, mon client seul a le privilége d'en être chargé; enfin pour la morale, ce sont des jeunes gens bien nés, arrêtés au milieu de leurs plaisirs, qui sont destinés à en faire les frais pour l'usage des familles.

M. l'avocat général saisissant à son tour les incidens de ce procès, réunissant ses dénégations et ses aveux, compactisant en un mot sa diffusion, a suivi le même système, la même marche tracée; seulement, il a enrichi le tout de considérations dont le principal mérite est d'appartenir à ces débats, et d'en être en quelque sorte l'encadrement obligé. Certes, s'il y avait de l'habilité dans cette conception, le ministère public y a ajouté la lucidité de son talent; mais quelqu'artistement ordonné que soit ce drame, il a le vice radical de tous, c'est de n'être qu'une fiction. — N'ai-je rien de mieux à faire, messieurs, que de suivre M. l'avocat général dans son système et de répondre à ses considérations? Pour le système, il le faut, c'est le fonds de la cause, il m'est indispensable de l'attaquer, de le renverser, de le détruire, si je le puis; je ne l'aborderai toutefois en ce qui me concerne, que plus tard. Quant aux considérations, ah! messieurs je l'avoue, en présence de cette accusation grave qui pèse encore de son poids sur les calamités du moment, elles m'ont semblé, le dirai-je? minces et rétrécies.

Aussi ce sera dans d'autres élémens que je puiserai celles qui, selon moi, doivent servir de base à ce procès et nous guider dans sa véritable appréciation. Je sortirai des proportions étroites qu'on s'efforce de lui donner, et s'il m'est possible, j'éleverai ma voix à la hauteur des circonstances actuelles, circonstances qui dominent évidemment les hommes qui poursuivent, comme elles ont dominé celui que je défends. Si je parviens à établir que, d'un côté, s'il a été question de machinations, s'il y a eu des pourparlers de complots ; de l'autre, ces desseins, ces projets morts-nés ont été d'abord excités par les déviations du pouvoir de juillet, et ensuite amenés à terme par les menées de ses gens occultes, rejetant ainsi tout le mal et ses causes sur le pouvoir lui-même et sur ses agens, j'aurai changé la face de ce procès.

Si d'autre part, je vous fais apercevoir dans mon client un des hommes les plus méritans des journées, abandonné, rejeté par ce même pouvoir qui refusa de reconnaître jusqu'à ses blessures ; si vous le voyez, dis-je, poussé par le désespoir au bord de l'abîme, retenu soudain par un de ces instincts d'humanité dont il nous offrira plus d'un exemple, vous aurez la justice d'imputer ce que ses démarches peuvent avoir eu de répréhensible, non à des intentions calculées à froid, mais à la plus cruelle des forces majeures ; et vous le savez, elles sont toujours réputées innocentes. Alors, balançant dans votre équité la criminalité de quelques démarches équivoques avec les dénégations positives du pouvoir, son déni de justice nationale, et les manœuvres certaines de ses agens démasqués, vous vous souviendrez qu'il est pour les gouvernemens comme pour les citoyens, des devoirs et des dettes qu'ils ne peuvent oublier sans s'exposer à d'implacables ressentimens et à des catastrophes imminentes.

Plaçons donc ce procès sur sa large base afin de vous en faire mieux envisager et juger l'importance.

Toute affaire de complot renferme une question de haute civilisation, car là, il s'agit pour la société d'avancer ou de reculer : Elle renferme de plus une question de haute politique, puisque là il s'agit de substituer un gouvernement à un autre. Il importe donc aux défenseurs des hommes accusés de complot politique, d'établir, de démontrer en quoi ces complots peuvent menacer soit l'ordre social, soit l'ordre politique : c'est le fonds de ces sortes de procès, c'est le fonds de celui-ci. Un aperçu réel sur ces deux points, nous amènera naturellement à toucher une question plus élevée encore, la question de provocation morale de la part du pouvoir de juillet, envers les hommes qui, comme mon client, l'ont établi, et furent partie intégrante au contrat passé entre lui et la nation. Faisant donc un moment abstraction des faits de la cause, abstraction des questions d'attentat et de complot qui s'y lient et s'y confondent, je vais examiner les divers points que j'indique, et d'abord : un complot peut-il être dangereux pour notre ordre social actuel ? peut-on sérieusement songer soit à le renverser, soit à l'anéantir ? Messieurs, ce projet sortirait-il tout armé du cerveau de quelques hommes insensés, qu'il n'en resterait pas moins frappé d'impuissance aujourd'hui. Il y a impossibilité de renverser notre ordre social actuel, parce que les principes sur lesquels il repose sont désormais inattaquables. Nous ne sommes plus en 89, nous sommes plus loin encore de cet équilibre incertain où furent toujours les nations de l'antiquité ; un simple rapprochement entre leur état et le nôtre suffira pour rassurer les esprits les plus timorés à cet égard.

L'antiquité en effet, et je parle ici principalement des peuples, dont on a tant invoqué les institutions dans ces

derniers temps ; l'antiquité, dis-je, ne posséda qu'une
ébauche de société véritable, puisque chez elle, une
minorité tyrannique, connue sous le nom de *citoyens*,
accapara constamment les droits de cité et de famille,
les droits politiques et de propriété, les honneurs et les
dignités de l'état, ne laissant au reste qui souvent for-
mait la majorité, que l'usufruit des misères et des dé-
gradations de la vie. Chez nous, au contraire, le titre
d'homme a repris sa valeur, puisque tout individu est
citoyen, et que tout citoyen peut être membre de la
cité et chef de famille, peut acquérir, posséder, trans-
mettre ; peut enfin se créer un avenir par son industrie
et se faire une destinée par sa capacité ou son courage.
Remarquez que je ne dis pas que notre état civil ait atteint son dernier degré de perfection ; mais je soutiens
que tel qu'il est, il est assez solide , ses principes sont
assez forts de raison pour nous préserver d'un de ces
bouleversemens où tout est remis en question. Certes ,
c'est une situation dont on peut s'applaudir , et c'est
déjà un assez beau résultat de notre civilisation que celui qui nous préserve d'une de ces chutes où périt tour
à tour chaque peuple de l'antiquité. Cette conservation,
cette durée de notre société actuelle, nous la devons à
la supériorité de notre état civil, base de tout ordre social. Et mon client fût-il ennemi de cet état civil, tous
ceux qui sont sur ses bancs eussent-ils également juré
son renversement, qu'il n'en serait ni plus menacé, ni
moins solide, parce que la France entière y tient comme
l'antiquité tenait à ses Dieux domestiques : elle y tient,
parce qu'elle y voit sa stabilité, son avenir, son titre de
prééminence réelle sur les nations contemporaines et
la plus belle conquête de son génie. Je le dis donc avec
une conviction qui est celle de vous tous ; oui notre so-

ciété civile est aujourd'hui à l'abri de toute atteinte sérieuse. Une société qui a supporté deux invasions européennes successives, qui a vu changer plusieurs fois sa haute direction et passer des dynasties sans s'altérer ou se modifier, une telle société, dis-je, n'a rien à redouter d'un complot quel qu'il soit.

Mais l'ordre politique a-t-il plus à craindre ce qu'on appelle un succès de conspiration ? Messieurs, aujourd'hui un tel succès ne pourrait avoir de résultat possible qu'autant qu'il serait soutenu par l'assentiment général du pays. Et alors, ce ne serait plus le triomphe d'une minorité usurpatrice, imposant son système à la majorité asservie, ce serait une explosion nouvelle de la puissance du jour ; ce serait l'opinion publique triomphant comme en juillet ; ce serait en quelque sorte la contre épreuve de cette souveraineté nationale jusqu'ici négligée, jusqu'ici étouffée. Mais un succès de violence ? personne n'en peut vouloir, personne n'y peut songer. Car d'un côté les convictions de la force sont usées, et de l'autre, nulle conspiration de ce genre, vu l'état de choses actuel, n'est possible, n'est réalisable. Oui, on a beau parler sans cesse de complots, de conspirations, tous ces projets sont je ne dis pas impossibles, mais absurdes. A cet égard ce n'est pas par mon opinion isolée que je chercherai à nous convaincre, ce sera en vous citant celles de deux hommes qui, par leur connaissance profonde du siècle, résument en quelque sorte chacun leur parti ; l'un est Paul Courrier, l'autre Chateaubriand : Voici comment s'exprime Paul Courrier dans sa dixième lettre au rédacteur en chef du *Censeur*; son ironie fine et profonde caractérise l'époque dans ces simples lignes :

« La presse étant libre, il n'y a pas de conspiration

» possible : mais sans conspiration comment sauver le
» trône, l'état et la monarchie, et que deviendraient
» *les agens de sûreté* et de *surveillance?* Faire naître
» des conspirations, les étouffer, changer la mine, l'é-
» venter; c'est le plus grand art du ministère, c'est le
» fort et le fin des hommes d'état chez nous : c'est la po-
» litique transcendante du moment; n'y ayant ni ma-
» chination, ni conspiration, ni ramification, que vou-
» lez-vous qu'un ministère fasse de son génie? »

Ainsi, Paul Courrier soumettait l'impossibilité d'une
conspiration ordinaire à une condition que nous pos-
sédons, à la liberté de la presse. D'où je conclus que s'il
existait encore, il dirait : en ce moment que nous jouis-
sons de cette liberté, il n'est pas de succès possible pour
une conspiration. Le reste de ces paroles écrites en 1820
se rapporte plus à la cause actuelle qu'on ne pense ; je le
prouverai plus loin. Voici maintenant comment s'exprime à son tour M. de Chateaubriand, véritable anti-
pode politique de Paul Courrier. Il est assez curieux de
voir ces deux esprits si divergeant sur tout le reste, se
rencontrer sur ce point, le seul peut-être sur lequel ils
pussent s'entendre quant aux questions du moment :

« Indépendamment de ce que les conspirations ont
» en elles de criminel et coupable, elles ont toujours
» été absurdes en France : elles le seraient bien davan-
» tage au temps où nous vivons. La nouvelle forme de
» nos institutions ajoute une impossibilité de plus à leur
» succès. Dans un pays où on jouit de la liberté de la
» parole et de la pensée, aucune trame ne se peut our-
» dir sans être signalée et rompue. Il y a plus, il n'est
» peut-être pas dans l'histoire une seule conspiration
» qui ait atteint son but, si ce n'est dans les em-
» pires absolus, où les muets du palais étranglent un

» tyran et en mettent un autre à sa place. Une nuit
» suffit à l'œuvre. Chez nous un conspirateur dira aux
» passans : nous sommes quarante mille bien comptés;
» nous avons soixante mille cartouches, telle rue, tel nu-
» méro, dans la maison du coin : il le criera à un mou-
» chard qu'il prend pour un de ses partisans, et ce mo-
» derne Catilina s'en va jouer, danser et rire. »

Ainsi, le gouvernement peut prendre acte de ces deux faits d'un résultat si satisfaisant pour tous, si important pour lui : c'est que la France, mais la France seule, est maîtresse de sa destinée sociale comme de sa destinée politique; que rien de violent, de tyrannique ne peut lui être désormais imposé, et qu'accessible à toutes les convictions, elle n'adoptera en définitive que celles qui seront le plus compatibles avec son repos, son honneur et sa prospérité.

D'où vient donc que dans une situation si franche, si nette, si rassise, quand le sol est affermi par une liberté civile si bien appropriée au siècle et à ses besoins, quand nos libertés publiques nous préservent du succès même d'une conspiration, d'où vient enfin, quand jamais tant d'élémens d'ordre, de puissance, de durée ne se rencontrèrent chez un peuple, que notre société éprouve des déchiremens intérieurs, un découragement profond et un désenchantement de l'avenir qu'on n'apperçoit qu'à travers je ne sais quels événemens immi-nens et sinistres? Je me garderai bien d'attribuer, comme M. l'avocat général, ces convulsions menaçantes et leurs déplorables effets, à ce reste de fièvre qui suit toujours la chute d'une dynastie, ni au désappoin-

---

[1] Dernier écrit politique de M. de Chateaubriand.

tement de l'opinion contraire un instant victorieuse; encore moins à leur alliance impraticable... Je ne dirai pas, comme quelques esprits moroses, que nous touchons à cette époque de Rome tombée, où la société, frappée de vertige, n'avait plus de foi que dans les révolutions, et ne reconnaissait d'autre providence que *la fortune du jour*, divinité affreuse dont le dogme n'exigeait que des ruines [1].

Je ne rattacherai pas enfin ces désastreux effets à l'ardente mobilité du caractère national, bien que je sache que notre vertu individuelle ne soit pas la constance; mais je dirai :

Le mal qui nous travaille et qui remue l'Europe comme la France, a une cause insaisissable, incoercible : ce mal, c'est le conflit, c'est la guerre intellectuelle des deux principes actuels de l'autorité politique chez les peuples; et dans un siècle où les principes commandent et les hommes exécutent, la véritable, la plus grande calamité possible, c'est ce conflit, parce qu'en même temps qu'il divise les esprits comme les intérêts, on pressent qu'il n'appartient qu'à la puissance matérielle de le faire cesser, tot ou tard, par un duel immense et terrible.

Il ne faut donc pas s'étonner que la France, qui est la plus engagée dans ce conflit, et qui, entre les nations, semble avoir surtout le don de prévision comme celui d'enthousiasme, soit principalement frappée de ce pressentiment funeste. De plus, toutes ses convictions sont renversées, et comme elle est de toutes les nations celle qui en a le plus besoin pour vivre, il n'est pas sur-

---

[1] Cicéron, livre iii, *de Legibus*. Le temple de cette déesse était voisin du Capitole.

prenant qu'elle souffre, qu'elle s'agite et se tourmente de son avenir.

Ce conflit, d'ailleurs, annonce un fait bien digne de fixer l'attention : c'est le changement de la société européenne. Oui, la société en Europe change de face : elle subit une de ces métamorphoses profondes qui sont comme les grandes physionomies de l'association humaine. Et où la conduiront ses efforts, vers un rajeunissement ou vers la décadence ?... Le principe qu'elle invoque, et pour lequel se déclarent ses tendances et ses sympaties, principe de souveraineté nationale, contient trop de mouvement et de vie pour présager la seconde de ces conditions ; mais ce principe, qui combat de toutes parts avec une persévérance inouïe, aura encore de longues et sanglantes luttes à soutenir, pour régner sur le sol européen. Depuis quarante ans, il est vrai, il a triomphé deux fois en France, et c'était son succès le plus difficile et le plus important à obtenir. Car avant, il avait successivement triomphé à Venise, en Suisse, en Angleterre, en Hollande et à Naples, sans ébranler aussi vivement la société. Il n'y a que depuis son premier succès chez nous, qu'il semble s'être fortement implanté. Toutefois, ce premier triomphe avait coûté trop cher pour y attacher la généreuse population française ; et il lui a fallu toute la magnanimité et la tolérance de son second triomphe pour rassurer certains esprits et faire croire à sa compatibilité avec le caractère national : proclamé en juillet comme loi suprême de l'état, ce principe fut un instant notre seul droit public, et à sa faveur un nouveau souverain fut choisi à la manière de Hugues-Capet, c'est-à-dire par entraînement et non par voie d'élection régulière. Mais ce fait accompli, ce principe de la souveraineté nationale fût rejeté par le pouvoir même qu'il venait de créer, et qui ne lui reconnut plus qu'un sens absolu et désorganisateur, sans antécédens comme sans application possible. Et pourtant, ce principe remonte haut dans notre histoire, puisque Charlemagne lui-même avait reconnu sa suzeraineté sur la couronne de France! Quoi qu'il en soit, infidèle à son principe, et refusant d'y rattacher son autorité, le nouveau pouvoir qui ne créa ni un nouveau droit public, ni un système d'institutions et d'administration intérieure analogue avec ce principe, dut perdre de son influence et de sa popularité, dès qu'il força les partisans avoués de ce principe à croire que la grande journée n'avait encore été qu'une *journée des dupes*.

Mais quel est ce système, dira le pouvoir, et quelles sont ces conséquences? Si c'était ici le lieu de l'examiner, si j'en avais mission, si surtout cet examen rentrait directement dans la défense de mon client, je ne balancerais pas à l'exposer, notre histoire à la main [1].

---

[1] L'ignorance de notre histoire primitive qu'on dédaigne et qu'on oublie quand on devrait tant l'a méditer, est la cause principale des maux du présent. C'est cette ignorance qui, laissant l'incertitude, la division et l'accablement dans les esprits, a engendré ce mal qui nous consume et qu'on pourrait nommer *mal d'avenir*. Nous flottons comme un peuple sans antécédens, quand nous devrions chercher à abriter cet avenir sous la puissante égide de notre histoire. Amené par la nature de cette cause à faire l'étude approfondie de notre droit politique primitif dont l'origine se confond avec celle de notre nation même, j'ai suivi ses modifications graves à travers les mémorables événemens de nos annales. L'irrisistible attrait de cette étude m'ayant conduit au-delà du cercle de ce procès, j'ai été de plus en plus convaincu par elle que les deux puissances morales du jour, la tribune et la

Mais je n'ai ici besoin que d'une chose, c'est de signaler cette forfaiture, généralement reconnue, et en voici la déduction rationelle.

Le gouvernement de juillet, créé pour vider enfin ce conflit de principes qui depuis trois siècles existe en France, et depuis quarante ans nous agite, ce gouvernement, dis-je, qui a dénié les biens acquis par le triomphe de ce principe s'est mis hors de ses conditions vitales et a rouvert la carrière qu'il devait fermer : or, c'est par une telle conduite que l'on provoque les peuples à la révolte : le plus grand publiciste de l'antiquité l'a dit, *per ablationes rerum, conjurationes instituuntur.*

---

presse, qui devaient être les conseillères intimes du nouveau gouvernement, étaient, par leurs systèmes divers, tout à fait en dehors des voies *de la monarchie, selon le principe de la souveraineté nationale, d'après notre histoire.* Vivement persuadé de cette vérité, je me sens sollicité de publier sous ce titre le résultat de cette étude, non dans le but de créer un embarras de plus à notre situation actuelle, mais dans celui d'établir, s'il est possible, un centre de convictions éclairées par le flambeau de l'histoire. Pour amener les convictions à ce centre, on comprend bien qu'il s'agit d'autre chose que d'un simple rapprochement de dates et d'époques, ce qui n'offrirait qu'un intérêt purement scolastique; il faudra bien essayer de résoudre comme conséquence nécessaire cette grave, cette écrasante question du moment, celle de savoir s'il fut opportun, s'il était temps d'invoquer dans le mouvement puissant et précipité de juillet, le principe qui fut proclamé; principe rejeté depuis par le pouvoir, qui a, par suite, ouvertement dénié ses corollaires. Là est le grand problème social, problème européen, dont la solution doit être cherchée, non par la passion et l'esprit de parti, mais par la plus sage et la plus impartiale raison. C'est cette solution que tout citoyen, qui se sent quelque idée, doit s'efforcer de chercher et de soumettre un jugement du pays, c'est ce que j'essayerai si je m'en sens la force.

Dénier les biens acquis, c'est semer les conspirations autour de soi [1]. Voilà où je voulais amener vos esprits, c'était à vous faire comprendre que si le gouvernement rencontre des difficultés, des machinations, des complots, c'est à lui-même, à lui principalement qu'il doit les imputer.

Les premiers qu'il dut amener sur le sol volcanisé, furent nécessairement les hommes de juillet, parce que c'est ceux-là qui furent trompés les premiers. Concluons donc de ces considérations : d'abord, que l'ordre social en France est désormais inattaquable, qu'il n'y a de succès possible que pour une révolution accomplie d'avance dans l'opinion, comme fut celle de juillet, mais qu'il n'y a aucune chance de réussite pour une conspiration proprement dite : Concluons enfin que le pouvoir des barricades, qui n'a rien accompli de ce qu'il avait mission de créer, a exercé lui-même une haute provocation morale à l'égard de ceux qui, comme mon client, avaient combattu pour un plus large système de franchises nationales. Ces points désormais établis au procès, nous verrons plus loin s'il y a eu encore provocation spéciale de la part des agens de ce pouvoir dans ce qui s'est passé en février. Je crois que je vous en administrerai clairement la preuve. Mais avant, qu'il me soit permis de vous faire connaître quelques antécédens de celui que je défends, afin que vous accordiez à ses paroles la confiance qu'elles méritent, et à son caractère, l'estime qui lui est due.

FAITS.

Poncelet était, en juillet 1830, simple ouvrier bottier. Mais il travaillait avec perfection, et, comme il

___
[1] Plat.

vous l'a dit, pour les meilleures maisons de Paris. Après s'être marié à Réthel, où il avait travaillé pendant quatre ans, il vint habiter la capitale où demeurait sa famille, et où il était certain de bien faire ses affaires. Il ne tarda pas en effet à y gagner cinq et six francs par jour; et ainsi, il n'était pas de ceux qui courent après le désordre et en font leur profession. La vue des premières victimes de ces sanglantes journées le soulevèrent d'indignation comme tant d'autres de sa classe, et ayant lui-même reçu un coup de sabre sur le cou au moment où il reportait de l'ouvrage à son patron, son courage s'enflamma, et il résolut de s'en venger d'une manière éclatante. De ce moment, il saisit des armes qu'il ne quitte plus : et il assiste, dans la rue Saint-Honoré, aux environs du Palais-Royal, aux premiers combats qui s'y livrent.

Tel fut dès le principe l'ascendant qu'exerça son courage sur ceux qui combattaient à ses côtés qu'il fut constamment pris par eux pour chef de direction. Ainsi dès le 27 au soir, il a un peloton sous ses ordres et il lui procure des armes et des munitions qui lui sont offertes dans un magasin de la rue de l'Arbre-Sec.

Le lendemain, il se retrouve avec ses hommes, place du Châtelet, où ils s'étaient donné rendez-vous, et il se bat dans la rue Planche-Mibré, dans la rue du Mouton, sur les Boulevarts, à la porte Saint-Denis, où un maladroit lui tire près de l'œil droit un coup de fusil, qui par l'évolution de la poudre lui enleva la vue presqu'entièrement de l'œil droit et altéra l'œil gauche; cela ne l'arrête pas, il finit par revenir sur la place du Châtelet où il reçut la dernière fusillade des Suisses, qui termina cette journée.

Le 29 au matin, il se battit à la Bourse, puis à l'Hôtel-de-Ville , où il rencontra le général Dubourg , là on le fit rester tout le jour. La nuit venue, il fut envoyé avec un détachement au pont de Grenelle; mais lui c'était aux avant-postes qu'il voulait être , il s'avança donc en observation jusqu'au village du Point du Jour, avec quelques hommes seulement. Ce n'est pas tout, il forme le projet d'avancer sur Sèvres , et demande les hommes de bonne volonté qui veulent le suivre ; quatorze seulement se présentent , c'est assez pour lui. Il est bon d'observer que déjà un appel fait à la troupe par le maréchal Gérard, excitait les militaires à se rendre à un camp situé à Vaugirard , et les assurait que ceux qui s'y rendraient seraient traités en frères. Poncelet s'était muni d'une de ces proclamations ; il part avec ses quatorze hommes; arrivé sur la route directe de Sèvres , en face le pont , il aperçoit de l'infanterie et de l'artillerie stationnées dessus et autour : Alors il prend une résolution vigoureuse, grande et héroïque , il fait faire halte à ses hommes; et mettant son mouchoir au bout de son épée , il s'avance seul vers le pont en parlementaire , on le reçoit : *Que voulez-vous ?* dit l'officier commandant?.. *Venez à Paris* , répond Poncelet : *Mais nous sommes du 3me de la garde,* réprend un vieux sous-officier, et *il est impossible que nous y allions sans danger :* Il n'y a rien à craindre , dit Poncelet ; lisez plutôt cette proclamation du général Gérard.

Pendant que l'on se presse autour de cette proclamation , le commandant d'une compagnie suisse s'indigne des ménagemens qu'on témoigne à Poncelet : celui-ci lui adresse froidement ces paroles : *On voit bien que n'êtes-vous pas Francais.*

Alors un grand nombre de soldats frappent de leurs

armes sur le pavé, et jurent de ne pas se battre contre leurs concitoyens... Mais comment marcher vers Paris, avec nos uniformes, reprend le sous-officier? Donnez-moi le votre, dit Poncelet, et aussitôt prenant la capote et le bonnet à poil du sergent, le voilà qui marche à leur tête.

La compagnie suisse se retire tout entière sur Saint-Cloud, avec la majeure partie de l'artillerie; mais quatre-vingt-dix soldats du 3me de la garde et plusieurs pièces d'artillerie avec leurs caissons suivaient Poncelet.

Cependant, il y aurait eu danger réel pour ce détachement de se présenter aux avant-postes, Poncelet aperçoit un officier à cheval venant de Paris, en reconnaissance, il met encore son mouchoir en parlementaire, et s'avance vers lui, c'était le capitaine Pillier, demeurant rue de Menilmontant, n. 23, et replacé aujourd'hui dans un régiment de cavalerie, il lui apprend ce qui vient de se passer, celui-ci pique aussitôt en avant, avertit d'abord les soldats de Poncelet, qui étaient dans la plus vive inquiétude sur son compte et continue jusqu'au camp de Vaugirard, où le détachement arrive bientôt, et est reçu avec les plus vives démonstrations de joie par tous les frères d'armes qui y étaient déjà. Cet acte décida peut-être de tout; car le vieux roi ne se résolut à partir que quand il se vit abandonné par sa garde. Ce trait d'héroïsme et d'humanité avait tellement grandi Poncelet dans l'esprit de ses hommes qu'ils voulurent le mener en triomphe à Paris, et le présenter à l'Hôtel-de-Ville au général Lafayette; mais Poncelet accablé de fatigue et souffrant horriblement de la vue, se retira modestement chez lui pour prendre du repos et soigner ses yeux.

Le 1er août, il se présente à la garde montante du Louvre pour faire son service comme garde national, mais le besoin de repos et le soin de sa vue l'obligèrent à se retirer. Le chef du poste le fit transporter chez lui, vu son extrême fatigue.

Bientôt il devait signaler de nouveau son intrépidité. Le 3 août il entend battre la générale, souffrant et la vue bandée, il se lève, arrache son appareil, prend ses armes et sort : il arrive aux Champs-Élysées, où on lui avait dit qu'était le rendez-vous. Il n'y est pas arrivé qu'un officier supérieur lui dit, qu'il faut se diriger sur Rambouillet, il monte alors dans la première voiture avec une demi-douzaine de citoyens et il est en tête de cette expédition. Cependant le besoin de s'organiser pour une attaque en cas de résistance, fait arrêter tous les détachemens aux environs de Rambouillet. On passe la nuit à se préparer à cette attaque ; mais le matin à la pointe du jour on apprend que Charles X est parti : on s'avance aussitôt vers le château, Poncelet commande un peloton, il arrive un des premiers dans les cours, quelques uns veulent briser les voitures laissées par Charles X, il fait défense d'y toucher. Il dit qu'il les prend sous sa sauve-garde, que le premier qui les détériorera passera par ses mains, qu'il faut amener à Paris cette propriété nationale. Toujours en tête de son peloton, il se mit à battre le parc. Un détachement de lanciers d'un régiment de chasseurs se présente, Poncelet va à sa rencontre, et arrive au chef, qui lui présente la poignée de son sabre, en disant, *je me rends :* Remettez votre sabre dans son fourreau, dit Poncelet, *nous sommes tous frères.* Le capitaine descend de cheval et embrasse cordialement celui qui lui parlait avec tant de patriotisme et de loyauté. Après avoir battu la partie du parc la plus voisine du château, Poncelet revient aux voitures, monte dans la première et ouvre ainsi ce cortége, qui se dirigea vers Paris, et qui ne peut se comparer par l'aspect qu'il offre, qu'à l'une de ces processions de la Ligue. Ils arrivent à Paris, et se présentent d'abord à ce vieil Hôtel-de-Ville, témoin obligé de tant de scènes burlesques et sublimes. Après avoir conduit ces voitures sous les fenêtres du lieutenant-général, qui remercia spécialement Poncelet, d'avoir su les conserver intactes; elles furent remisées rue Saint-Thomas-du-Louvre, et Poncelet se retira chez lui.

Tels sont les faits les plus remarquables de Poncelet dans ces journées où il fit paraître tant de courage, de résolution et d'humanité ! Je les signale à l'historiographe de juillet ; car ils doivent être consignés. Cependant sa vue qui avait horriblement souffert du coup de poudre qu'il avait reçu, le força de se faire traiter sérieusement : pendant quatre mois il resta dans les mains des médecins, et il ne reçut pour tout secours, pendant ce temps que la faible somme de soixante francs.

Un fait qu'il faut rapporter se passa dans l'intervalle de ces quatre mois ; c'est la première revue du roi au Champ-de-Mars, le 29 août. Poncelet fut choisi pour être de la grande députation des blessés de juillet, et il assista à la distribution des drapeaux. Admis comme les autres auprès du roi, qui adressait des paroles consolantes à tous les blessés, il lui dit ces paroles qui fixèrent l'attention de Louis-Philippe par leur singularité : *Sire, j'aurais eu plus de plaisir à me trouver auprès de vous avant juillet.* Pourquoi? dit le roi surpris : « C'est que j'aurais pu vous voir, tandis qu'en ce mo- « ment j'ai la vue perdue et je peux à peine distinguer « votre personne. — *Sois sans inquiétude, mon brave,* « j'aurai soin de toi, et tu ne seras pas malheureux, ni « ta famille... »

Poncelet fut content de ces paroles , il y comptait....
Qui le croirait pourtant , la commission extraordinaire
nommée par le ministre de l'intérieur à l'effet de constater l'état des blessures de ceux qu'on suspectait , déclara que Poncelet n'avait aucune blessure grave , et
qu'il devait par conséquent être placé hors de la catégorie de ceux qui avaient droit à une pension et aux
faveurs spéciales du gouvernement. Il eut beau présenter les certificats les plus authentiques des médecins
qui le soignaient, revêtus de l'apostille des citoyens les
plus honorables , et des magistrats civils de son arrondissement, il fut forcé de manger pendant six mois le
fruit de ses économies. Dès que sa vue lui permit de
supporter l'éclat du jour , il se mit à travailler chez un
fournisseur d'armes, à polir des baïonnettes , et à gagner
ainsi douze sous , lui qui avait gagné cinq et six francs.
C'était au moins son pain , et celui de sa femme et de ses
enfans. Il adressa une demi-douzaine de placets et
de demandes , toutes appuyées de pièces authentiques
toujours on le rejette. Voilà , Messieurs un des certificats que j'ai trouvé à son dossier , à la mairie du quatrième arrondissement , ce certificat, signé du premier
magistrat de son arrondissement, ne peut être suspect,
il est daté du 30 décembre 1830, vous verrez si Poncelet
était digne d'obtenir ce que tant d'autres moins méri-
tant ont obtenu.

VILLE DE PARIS.

Mairie du quatrième arrondissement.

M. Poncelet (Louis) , demeurant rue Saint-Germain-
l'Auxerrois, n° 73, a été blessé le 28 juillet dernier d'un
coup de feu, et se trouve , par suite de sa blessure,
hors d'état de continuer son état de bottier. Il est me-

nacé de perdre la vue, ou du moins de rester toute sa vie, par la faiblesse de ses yeux, privé des moyens de son existence, et celle d'une femme et de deux enfans en bas âge.

Je conjure tous les bons citoyens qui seraient dans le cas de pouvoir lui rendre service, soit en le plaçant comme concierge ; soit en lui procurant une occupation à sa portée, de vouloir bien lui accorder la préférence sur tout autre. Sa malheureuse situation, sa probité et le désir qu'il manifeste de s'occuper utilement, doivent lui assurer l'intérêt et la confiance, et ce sera en même temps acquitter *la dette du pays* envers un brave citoyen qui a compromis son existence pour *la cause commune.*

A Paris, le 30 décembre 1830.

Auguste VIGUIER,
Adjoint.

Voilà l'homme, le citcyen, que le pouvoir de juillet laissa dans la misère... Ne pouvant plus gagner sa vie par suite de sa mauvaise vue ; ne trouvant plus d'ouvrage dans Paris, il songea alors à retourner au pays de sa femme, espérant que les bottiers de Réthel seraient moins difficiles que ceux de la capitale, et espérant aussi que sa vue se fortifierait au grand air. Il partit avec sa femme prête d'accoucher et ses deux enfans, recevant de la ville, et non de la commission nationale, trois sols par lieue, secours accordé aux mendians qui retournent dans leurs foyers.

Arrivé à Réthel, il demande de l'ouvrage ; deux anciens patrons lui en donnent, mais voyant qu'il ne peut le confectionner, ils se décident à regret à lui en refuser. Voici les certificats de ces hommes ; ils attestent une chose, au moins, c'est que Poncelet a fait tout ce qu'il a pu pour n'être à la charge de personne : Juillet arriva : c'était à ce premier anniversaire des journées qu'on devait distribuer les récompenses et les décorations. On écrit à Poncelet de revenir à Paris, que le gouvernement va enfin reconnaître son courage et ses services et *payer la dette du pays*. Il y crut, on s'abuse si facilement quand on est malheureux. Il revint avec sa femme et trois enfans dont un âgé de quelques semaines : on lui offre la croix de juillet ; il répond que cet insigne d'honneur lui est sensible, mais qu'il est presque aveugle et que c'est plutôt du pain qu'il lui faut pour ses enfans. On l'assure qu'il en aura.

La distribution des croix et des médailles se fait, les fêtes ont lieu, il ne reçoit rien ; mais pour vivre, que fait-il?... Il se met dans une échoppe de recarleur de souliers, près l'Institut, et il loue sa place, à côté d'un sieur Petit, maître de l'échoppe : Vous sentez, messieurs, que ne gagnant que quinze à vingt sols par jour, il ne pouvait vivre que misérablement. C'est ici, messieurs, qu'il faut vous citer un trait de probité de sa part qui figure bien à côté de son humanité et de son courage.

Poncelet reçoit en octobre 1831, de la commission nationale, un second secours de soixante francs ; il en avait le plus grand besoin possible pour habiller sa femme et ses enfans à l'approche de l'hiver, et leur acheter un peu de bois ; eh bien, il en donne le bon provisoire à toucher à celui qui lui fournissait le cuir de son échoppe. Il n'avait que cette dette unique, il trouve que rien n'est plus sacré pour lui que de l'acquitter ; voilà, selon moi, l'un des plus beaux traits connus de probité. Celui auquel il a remis le titre provisoire de ces soixante francs, c'est M. Court, marchand de cuirs, rue Bailleul, numéro 5; et ne croyez pas, messieurs, que ce soit Poncelet qui m'ait appris ce fait, c'est en visitant son dossier, au quatrième arrondissement, que je vis cette remise constatée.

Vous le voyez, messieurs, Poncelet était digne d'un meilleur sort que celui auquel il était réduit dans la misérable échoppe de l'Institut. C'est là qu'il parait aux derniers coups de la détresse, c'est là qu'il résista encore plusieurs mois aux propositions qu'on vint lui faire. Qu'y a-t-il d'étonnant qu'un homme qui sent si vivement l'honneur et la probité, réduit au désespoir, non à cause de lui précisément, mais à cause de sa famille, et de ses enfans, ait enfin consenti à des propositions réitérées qu'on lui fit sous tous les points de vue capables de l'entraîner : qu'y a-t-il d'étonnant qu'il ait enfin résolu de rejeter le fardeau de sa pénible, de son accablante existence? Examinons avec toute la sincérité possible, messieurs, la suite des faits qui précèdent le 2 fé-février, et ce que fit Poncelet ce même jour.

Vers le commencement de novembre, un individu se présente chez Poncelet, et lui dit qu'il était chargé de la part de la commission nationale, et par ordre exprès du roi, de rechercher les mécontens de juillet : il était chargé de ce recensement pour le dixième arrondissement. Depuis octobre, Poncelet habitait dans la rue de Seine, numéro 34. Il entretint Poncelet des demandes faites par lui, avec des circonstances si précises, que celui-ci ne put s'empêcher de croire que cet homme avait été initié par l'autorité à ses demandes, et qu'il n'avait pu les connaître que par ce moyen. Cet individu se retira en assurant Poncelet de sa protection. Il revint plusieurs fois le voir dans le courant du même mois : à la fin il lui déclara que c'était en vain qu'il espérait, qu'il était comme les plus méritans de juillet auxquels on ne rendait pas justice ; qu'au surplus une conspiration formidable se tramait, qu'une foule de leurs frères des barricades était déjà dans ce complot et que, s'il avait du cœur il se réunirait à eux. Cet homme avait la croix de juillet. Poncelet le refuse positivement, lui dit qu'il est malheureux, mais qu'il n'entrerait jamais dans un complot dont le but serait de renverser le gouvernement qu'il avait travaillé à établir, autant vaudrait pour lui qu'on lui présentât un pistolet pour l'engager à se faire sauter la cervelle, mais que du reste il garderait le secret qu'on lui confiait.

Quelques jours après, un vieillard de soixante à soixante-dix ans vint trouver Poncelet, lui parla de l'individu qui était déjà venu le voir ; le nomma sous le nom de *Chapeau*; lui rappela leurs conversations, lui dit qu'il avait tort de refuser d'entrer dans un complot qui devait avoir de grands résultats pour lui, s'il le voulait ; mais que dans le cas de son refus, ce complot qui devait réussir, lui serait funeste, car la famille qu'il avait travaillé à renvoyer pourrait bien s'en souvenir. Vous comprenez, messieurs, que cette conversation était aussi adroite que perfide : Le vieillard, que nous ne connaissons et que nous ne dénommerons pas autrement que par ce nom, lui offre de l'argent; Poncelet refuse, et lui dit de se retirer. Ce vieillard ne se tint pas pour battu; il revint à la charge une seconde, une troisième fois : chaque fois il lui donnait des renseignemens plus précis sur ce complot; un jour entr'autres, il lui propose de venir au jardin du Luxembourg, pour y voir les chefs de ce complot : Poncelet accepte par curiosité et le suit : arrivé au Luxembourg, Poncelet est conduit dans un endroit retiré ; là, le vieillard le présente à une dixaine de personnes qui se disent tous colonels ou généraux ; ces personnes conseillent à Poncelet, qu'ils traitent de *brave*, de se mettre avec eux, qu'il serait plus heureux que par le passé. Après quelques propositions auxquelles il ne répond pas, on se sépare, le vieillard ne quitte pas Poncelet, le reconduit chez lui, le conjure pour son propre intérêt de réfléchir à son repos, et en sortant, il laisse quelques pièces de cinq francs sur la cheminée ; Poncelet ne s'en aperçut qu'en rentrant. Mettez-vous un instant, messieurs, dans la position d'un homme comme mon client, qui n'a pour conseil et pour guide que son courage. La misère lui crie d'accepter cet argent ; l'honneur lui persuade au contraire de se rendre : quel parti prendra-t-il ? il hésite, il balance encore pendant quelques jours, mais lorsque le vieillard revint, le besoin, l'affreuse nécessité, avait fait ce qu'aucune proposition n'avait pu obtenir. Poncelet lui dit : *Misère pour misère, autant en finir.*

On était alors vers la fin de décembre. Poncelet travaillait toujours dans sa petite boutique, résolu à agir lorsqu'il en serait temps, mais ne s'occupant en rien du complot, ni de tout ce qui le concernait.

Un point établi, fixé au débat, c'est que Poncelet ne se mêla de rien ; il ne fut chargé ni de la correspondance, ni de l'organisation ; on n'a rien trouvé chez lui qui le signale sous ce point de vue.

Son rôle ne devint plus actif que vers la fin de janvier. Le trente-un janvier, le vieillard lui donna une commission importante. Il lui remit une lettre pour un nommé Dermenon-Annet, et sur le revers de l'adresse cette lettre, il écrit une seconde adresse, celle d'un sieur

Petit-Prêtre, affidé de Dermenon, ce dernier demeurant rue Popincourt, numéro 55. Petit-Prêtre est un brocanteur d'armes, lié d'intérêt et d'affection avec Dermenon; il connut de suite ce que signifiait la visite de Poncelet : après quelques paroles échangées, Petit-Prêtre, que Poncelet n'a jamais vu, conduit Poncelet à l'adresse de la lettre; Poncelet s'arrête dans un café de la rue Traversière, numéro 15, et attend que Dermenon soit amené par Petit-Prêtre.

Dermenon arrive, Poncelet lui remet la lettre du vieillard : cette lettre parlait d'achats d'armes et de munitions : Dermenon dit de suite qu'il savait de quoi il était question : il ajoute qu'aussitôt qu'on lui remettrait des fonds, il livrerait. On se sépare en prenant rendez-vous pour le lendemain dix heures, rue des Saussais, numéro 18. Dermenon qui tenait à avoir les fonds et qui avait eu une entrevue dans l'intervale avec celui qui devait les donner à Poncelet, revint jusqu'à cinq fois rue des Saussais; enfin Poncelet arrive, Dormenon lui adresse de vifs reproches sur son inexactitude, attendu, dit-il, que celui qui lui a remis les fonds, l'a assuré qu'ils les aurait à dix heures au plus tard: quoi qu'en ait dit Dermenon, il y a eu une facture remise, car c'est lui qui l'a avoué dans son interrogatoire. Il avoue en effet que Poncelet ne se présenta à lui que comme *courtier acheteur*, l'engageant à noter pour commission dans la facture deux francs de plus que le prix réel. Ainsi, là comme partout, Poncelet a dit la vérité. Avec cette facture et un mot écrit de Dermenon au vieillard, Poncelet se rend près de celui-ci, et lui rend compte de son mandat : les armes devaient être livrées dans la soirée de dix à onze heures; Poncelet se rend rue des Prouvaires, il y trouve de quatre-vingts à cent personnes;

ces personnes envoyées par tout autre que Poncelet lui étaient inconnues ; car personne n'a avoué qu'il avait reçu un billet de sa part, et de même eux ne le connaissaient pas. Poncelet ne fut pas long-temps sans s'apercevoir que la plupart des individus présens étaient des gens suspects, et les autres incapables de faire un coup de main, il sortit et rentra constamment et ne rentra qu'à dix heures et demie. Bientôt le vieillard arrive, lui remet des pistolets et trois clefs, Poncelet dit qu'il ne ferait pas usage de ces clefs, ni de ces armes, que l'état d'ivresse dans lequel était déjà un grand nombre des hommes réunies s'opposait non-seulement à toute espèce d'exécution|, même à toute espèce de complot ; car pour comploter, il faut se concerter, et comment se concerter avec des hommes ivres. Le vieillard qui ne voulait pas trop se faire connaître dans cette réunion, sortit en annonçant à Poncelet que divers généraux allaient venir le demander.

Quelque temps après en effet, un individu le fait demander à la porte, et se dit le général *un tel*. Poncelet lui dit : si vous êtes réellement le général *un tel*, je vous engage à vous retirer, et à menager vos services au pays pour une meilleure circonstance, regardez cette assemblée d'ivrognes, que voulez-vous faire avec de tels gens, quant à moi, je ne me hasarderai certainement pas à parler de complot avec des gens qui pour la plupart ne peuvent pas se tenir. Au surplus on m'avait promis des armes de dix à onze heures et rien n'arrive, d'où je conclus qu'on nous trahit ou que nous avons affaire à des gens incapables de seconder une exécution ; je ne veux donc me mêler de rien. Vous avez raison, ajoute le prétendu général, eh bien qu'il ne soit question de rien. Cette personne se retire, et Poncelet rentre ; de

toutes parts on demandait du vin ; les têtes étaient pri-
ses et on s'échauffait ; ce fut alors qu'il dit à un des ser-
vans du restaurateur , à l'oncle du sieur Larcher :
« Voyez comme ils sont ivres , et ils demandent du vin,
» il faudrait être bien fou pour compter sur de tels hom-
» mes , apportez-moi quelque chose en haut ; car je
» suis à jeun » : arrivé dans la seconde petite pièce su-
périeure ; il défait la ceinture qu'on lui avait mise ,
prend vingt francs dans sa poche , les donne à un des
garçons du restaurateur ,et se met à table , bien résolu
de se tenir à l'écart et de ne se mêler de rien. Un grand
nombre tels que Vachez, les imprimeurs et autres, c'est-
à-dire , tous ceux sur qui on eût pu compter s'il eut été
question sérieusement d'un complot ou d'une exécution,
s'il y avait eu un complot d'arrêté et de cimenté se re-
tirèrent, Poncelet reste : Il se fait un point d'honneur
de ne pas quitter le restaurant, et résolut de ne sortir
que le dernier ; dans un homme de son caractère , on
conçoit facilement ce point d'honneur.

La seule crainte de passer pour avoir peur , le fit donc
rester. Cependant le temps passe, on cause , on boit, et
quand on a passé une journée sans rien prendre on est
fatigué, on fume ; une heure du matin arrive , bientôt
un fiacre chargé de mauvais fusils et de sabres plus
mauvais encore, s'avance à la porte , Poncelet ne descend pas , ne reçoit pas les armes, ne donne aucun avis,
aucun ordre pour leur introduction ou leur refus , personne n'est venu dire l'avoir vu en bas lors de cette
réception. Pour lui il était évident qu'il y avait trahison
d'amener des armes à cette heure , quand il n'y avait
plus qu'une trentaine d'hommes ivres dans le restaurant.
A peine les armes étaient-elles introduites en effet, que
la force armée arriva. Elle entre l'épée à la main et

poussant des cris de mort, ce fut alors qu'un de ceux qui étaient en haut en entendant ce tapage, voyant les épées nues et croyant qu'on ne faisait de quartier à personne, saisit un des pistolets de Poncelet, et résolut de se faire une trouée à la faveur d'un homicide. En effet, le coup de pistolet qui frappa Houel, ne fut pas tiré, qu'un individu se précipite de l'escalier, ce même pistolet à la main, le présente, et le dirige par menace du côté de l'officier Sénancourt et s'élance vers la porte pour s'évader, cet individu reconnu par un des municipaux qui étaient près de Houel ; est poursuivi et frappé à mort d'un coup de baïonnette dans les reins. Un autre voulant aussi sortir de la même manière prend un fusil et veut tirer sur le premier venu : Poncelet se jette au devant de lui, relève le canon du fusil en disant : *Il y a déjà trop de mal de fait ; il vaut mieux se rendre : quant à moi je descends.* Et en effet, le premier sergent de ville qui se présente, Poncelet dit : *Nous descendons...* » Ce sergent de ville le prend par le bras, et ils sortent tous sans difficulté. On se rend à la préfecture de police. Arrivé là, on fait passer chaque personne arrêtée devant un commissaire de police ; mais pour parvenir jusqu'au local de l'officier de police, il fallait passer à travers une haie de sergens de ville ; ceux-ci l'épée à la main frappaient d'estoct et de pointe chacun des malheureux qui traversaient leur haie. Poncelet, reçut un coup de pointe d'épée à la tête, un autre lui traversa la main avec laquelle il voulait parer, il reçut plusieurs coups de pommeau d'épée qui lui firent jaillir le sang par le nez et les oreilles, couvert de meurtrissure de la tête aux pieds, il fut mis ainsi dans un état horrible. Un certificat du docteur Denis, affirme, quoique imparfaitement, ces faits. Poncelet, qu'aucun n'accusait encore d'avoir tué Houel, dit à ses meurtriers : *Vous étes des lâches vous m'assassinez dans l'ombre quand je suis désarmé, donnez-moi donc une de vos épées, et que le plus déterminé se présente.* On lui repond en le culbutant jusqu'au bureau du commissaire de police, qui après avoir reçu ses noms, ordonne qu'il soit jetté dans un cachot, tels sont les faits succints qui se sont passés à l'égard de mon client dans cette affreuse nuit du 1er au 2 février ; je vais revenir sur ces détails en examinant les questions d'attentat et de complot, dont la discussion devient nécessaire maintenant.

PREMIÈRE QUESTION.

ATTENTAT.

L'accusation ne s'étant placée jusqu'ici que sur le terrain des faits, c'est sur ce terrain que je me propose principalement de la combattre. Les faits ne sont-ils pas d'ailleurs complètement justificatifs? En me jetant sans mesure dans une dissertation légale non abordée, j'aurais un double tort, celui d'affaiblir votre attention déjà mise à si rude épreuve, en la tendant vers un point secondaire au procès, et celui plus grave encore d'insinuer que mon client ne peut être défendu que par des théories. Par ces motifs, je me bornerai donc à poser les principes rigoureux de la législation en cette matière, et à en déduire les corollaires indispensables à l'intelligence de cette cause. Le principe de la législation en matière d'attentat politique est fixée par un article sacramentel, par l'art. 88 du code pénal : cet article porte :

L'exécution et la tentative, constitueront *seules* l'attentat.

L'attentat réside donc, soit dans l'exécution, soit dans la tentation.

Il s'agit donc de savoir ce que c'est que l'exécution, et ce que c'est que la tentative, puisque ces deux natures d'actes constituent *seules* l'attentat.

Qu'est-ce donc que le législateur a entendu par ce mot *exécution?*

La loi, a dit M. l'avocat-général, qui met ici une arme naturelle dans les mains du pouvoir, eût été ab-surde, si elle ne lui eût commandé de s'en servir que lorsqu'au lieu de frapper un coupable il ne s'adresse-rait plus qu'à un maître. Il y a du vrai dans cette ob-servation ; néanmoins, elle est exagérée. Elle peut être juste à l'égard de l'attentat contre la constitution du pays ; mais à l'égard de l'attentat contre la personne du prince et de sa famille, je le répète, elle est exagérée, c'est le mot : car avec le prince, ne succombe pas tou-jours le droit de sa famille : et si le successeur direct a lui-même trempé dans le crime, l'avenir ne peut-il pas réserver un vengeur à son père? que sera-ce donc si l'attentat a été commis contre un des membres de la fa-mille royale, le souverain ne vengera-t-il pas le meur-trier de ses enfans ?

Ainsi, à l'égard de l'attentat contre les personnes, la loi n'a pas été absurde en exigeant une exécution com-plète : Mais à l'égard de l'attentat contre la constitution du pays, c'est différent, parce que l'exécution com-plette ici c'est la victoire, et la victoire c'est l'impu-nité.

Que faudra-t-il donc pour qu'il y ait exécution dans cette seconde hypothèse?... Il faudra un acte, mais un acte significatif et consommé ; un acte qui soit un pre-mier succès et la réussite de la première partie du com-plot arrêtée.

Un acte significatif : c'est-à-dire un acte tout exté-rieur, manifeste, et en quelque sorte palpable, dont le but inévitable était le succès du complot : par exemple le désarmement et la prise d'un poste.

3.

Voilà le premier pas fait vers la victoire, et ce premier pas est lui-même un succès. La conspiration, dite conspiration Berton, dirigée par ce général, nous offre tous les degrés d'exécution établis par ceux qui ont écrit sur cette matière; il n'y a que le dernier de ces degrés, le triomphe du dernier obstacle qui ait manqué. Ainsi, dans cette exécution, il y eut prise d'un poste, prise d'une ville, prise d'une partie du territoire. Il y eut prise du poste de Montreuil, prise de la ville de Thouars, prise de la partie de territoire située entre cette ville et Saumur. Là, tout était facile à saisir, et l'exécution avait parcouru en petit, il est vrai, toutes les phases de succès, excepté la dernière.

On conçoit donc facilement ce que la loi a entendu par exécution dans le cas particulier qui nous occupe, c'est un ou plusieurs actes complets, achevés; c'est un ou plusieurs succès dirigés vers le but commun, mais succès positif, extérieur, et ayant *corps* en quelque sorte.

Si en effet ce n'est pas un acte exécuté dans ce but, on ne pourra le qualifier d'*exécution*, et si cet acte a d'ailleurs les caractères extérieurs et qu'il ne réussit pas, il tombera alors dans la tentative.

La tentative en matière d'attentat politique, c'est donc un ou plusieurs actes aggressifs, non suivis de succès : ainsi, un seul acte aggressif peut constituer la tentative, nul doute, mais il faut que cet acte ait tous les caractères extérieurs qui le rattachent à l'exécution et par suite au succès du complot : Il faut que cet acte ait été commencé dans le but d'exécuter le complot, et qu'il soit parti de la volonté commune, de la volonté dirigeante.

Il faut qu'il ait été commencé dans le but d'exécuter

un complot, sans cela, ce n'est que la tentative d'un acte isolé, rentrant dans la catégorie des actes ordinaires, et soumis à la pénalité comme à la juridiction ordinaire, c'est-à-dire, rentrant dans le droit commun. Il faut de plus qu'il ait été commandé par le dépositaire de la volonté commune, par le chef des conjurés ; qu'il soit le premier effort, la première expression de la volonté commune, autrement celui-là seul qui aura entrepris, commencé cet acte, devra seul en supporter la responsabilité. Je crois que rien n'est plus raisonnable que ces corollaires de la tentative.

Ainsi aggression, partie dans le but d'exécuter le complot; aggression, partie de la volonté commune, c'est-à-dire du chef du complot.

Tels sont les caractères que doit avoir le commencement d'acte que la loi qualifie tentative.

Rapprochant ces raisonnemens simples, clairs, rationnels des faits de la cause, que trouvons-nous ?

Trouvons-nous une exécution telle que la loi la caractérise et la veut dans ce qui s'est passé rue des Prouvaires ?... Non. — L'accusation elle-même ne parle que de tentative, et ne reconnaît pas d'exécution.

Y trouvons-nous la tentative avec les caractères légaux que nous venons de lui reconnaître ?... C'est ce qu'il faut examiner.

Quels sont les actes que nous sommes forcés de défendre comme appartenant à la tentative que soutient l'accusation ?... Un seul ; le coup de pistolet tiré sur le sergent de ville Houel.

Il s'agit donc d'examiner si ce coup de pistolet a été tiré dans le but de commencer l'exécution, et s'il est parti de la volonté commune ? Pour bien nous rendre compte de cet acte, reportons-nous en ce moment où il a été commis. Que se passait-il, dans le restaurant de la rue des Prouvaires, lorsqu'un coup de pistolet tiré de l'escalier conduisant à l'entresol de ce restaurant vint frapper de mort le sergent de ville Houel?

La force armée s'emparait l'épée à la main des individus qui se trouvaient au rez-de-chaussée de ce restaurant; elle faisait main-basse sur tout le monde, et était maîtresse non-seulement des lieux, mais de toutes les avenues.

Une douzaine d'individus étaient à l'entresol et buvaient ensemble, lorsque le bruit occasioné par l'arrivée de la force publique vint les avertir que ceux qui étaient là étaient pris, et qu'eux-mêmes étaient à sa merci. Je le demande, n'eût-il pas fallu être fou pour songer alors à l'exécution du complot, qui, comme je le prouverai plus loin, n'avait pas même été concerté et arrêté entre ces hommes au moment où ils se trouvèrent tous réunis?... Et n'est-ce pas évidemment forcer l'esprit et la lettre de la loi que de soutenir qu'un coup de pistolet tiré par le plus peureux des hommes présens, par celui qui perdit évidemment la tête, l'a été dans le but d'exécuter, de commencer l'exécution du complot. Quoi! on était circonvenu de toutes parts, on se trouvait au milieu d'une espèce de *sauve qui peut*, chacun songeait à son propre salut; et on aurait songé alors à commencer l'exécution du complot?... Reconnaissons-le, messieurs, ici l'accusation, comme souvent, veut trop prouver et ne prouve rien. Il y a dans cette prétention de l'accusation quelque chose d'aussi absurde que ce prétendu conciliabule des conjurés républicains, complottant sous la première arche du Pont-des-Arts, dans l'eau jusqu'au col, au mois de décembre 1830.

Cependant un coup qui a donné la mort a été tiré, je

le reconnais; mais sur qui et comment?.. Examinons, on ne peut dire que celui qui a tiré le coup de pistolet voulût plutôt atteindre nominativement Houel qu'un autre. Houel n'était pas le chef de la force publique, Houel n'était pas la première victime désignée aux coups des conjurés? Non, pourquoi donc Houel fut-il plutôt victime qu'un autre!

En voici la raison, et une raison qu'on ne peut réfuter, et qui atteste que le but évident de celui qui tira n'était pas de commencer l'exécution d'un complot. Celui qui saisit les pistolets de Poncelet avait un but, on ne saisit pas d'armes dans un moment semblable sans un but quelconque. Eh bien! oui, celui qui, eut cet affreux instinct avait le sien, il voulait s'évader, il voulait se faire une trouée à la faveur de laquelle il pût sortir; qui donc devait-il choisir pour victime, celui qui, à son idée, s'opposait le plus à son passage, celui qui occupait le seuil de la porte, celui qui lui barrait le passage. Or, c'était précisément Houel; Houel en effet tomba du seuil de la porte à l'extérieur.

Aussi, que se passe-t-il à la suite de ce coup, et, pour ainsi dire, instantanément? L'homicide le précipite, son pistolet encore à la main, il fend la foule et sort. Mais il avait été observé, reconnu par plusieurs gardes municipaux, bien plus à même de le reconnaître par leur position que tous ces sergens de ville dont je vais tout à l'heure détruire la déposition en les réfutant par leurs contradictions mêmes.

Ainsi, retenons bien ce fait : un coup a été tiré par un individu placé sur l'escalier, cet individu voulait s'échapper; il dut nécessairement, sous l'inspiration de cette fatale idée, chercher à renverser le plus grand obstacle qui s'opposât à son projet, c'est en effet ce qu'il fit en renversant Houel... Je confirmerai ce fait capital par l'ensemble des dépositions identiques des gardes municipaux qui ne se contredisent pas.

Mais dira peut-être M. l'avocat-général, s'il est prouvé que c'est Poncelet qui a tiré le coup de pistolet, comme le coup sera parti alors du chef des conjurés, du dépositaire de la volonté commune, comme alors ce sera le chef qui aura agi, qui aura jugé le moment venu de commencer l'exécution, il y aura là tentative.

Ce raisonnement est captieux, Messieurs, il n'est qu'un adroit sophisme, il faut donc le renverser. En effet, lors même qu'un acte de la nature de celui dont il s'agit aurait été commis par le chef avoué du complot; ce chef pourrait bien encore ne l'avoir commis que dans un but de conservation personnelle, et nullement dans l'intention de commencer l'exécution du complot.

Supposez, en effet, ce chef resté seul, abandonné de ses partisans, et tellement menacé de perdre la vie qu'il se trouve dans la nécessité de donner la mort à ceux qui le pressent et le mettent dans la situation de se défendre. Si ce chef, pour se sauver ou se dégager d'une mort imminente, frappe ceux qu'il a en face, direz-vous qu'il a voulu commencer l'exécution du complot et qu'il y a tentative, exécution même; là, vous forceriez encore et l'esprit et la lettre de la loi, parce que, évidemment, ce serait dans un tout autre but que ce chef agirait ainsi. On ne peut donc dire encore, d'une manière absolue que le coup parti du dépositaire de la volonté commune constitue nécessairement et invinciblement le commencement de l'exécution ou la tentative.

Le grand point qu'il s'agit d'examiner ici, est donc

le fait en lui-même, est-ce Poncelet qui a tué Houel, ou n'est-ce pas lui?

Nous avons cinq témoins dit l'avocat-général, qui prétendent l'avoir vu, et c'est plus qu'il n'en faut pour être fixé sur ce point. Qu'importe le nombre, répondrai-je, s'ils ne s'entendent pas, s'ils se contredisent, et si leur témoignage loin d'offrir cette unité compacte sur les circonstances, les incidens, les vraisemblances du fait donne à ce fait autant de physionomies et d'aspect différens :

Pour renverser la gravité du témoignage de ces cinq témoins, je vais d'abord leur opposer un nombre égal de témoignages qui se taisent sur ce fait et déclarent qu'il ne leur est pas possible d'en reconnaître l'auteur : et ensuite j'invoquerai celui d'autres témoins qui attestent que c'est un autre.

Résumant donc toutes les dépositions principales qui fixent ce fait, je les classerai en trois séries distinctes.

1o La série des témoins qui prétendent que c'est Poncelet,

2° La série des témoins qui déclarent ne reconnaître personne ;

3° La série enfin des témoins qui soutiennent que c'est un autre que Poncelet ;

Les cinq sergens de ville composeront donc la première série. Celui qui a déposé le premier devant vous est le nommé Mezière, dont la déposition serait de nature à faire beaucoup d'impression sur vos esprits, si elle était vraie, car, a-t-il dit, il a si bien vu Poncelet, que si son épée eût été assez longue il l'aurait atteint.

D'abord, c'est la première fois que ce témoin a parlé de cette circonstance; il n'en a rien dit dans son interrogatoire devant le juge d'instruction, d'où j'infère qu'il a pu l'inventer aux débats. Mais je l'admets, cette circonstance ; eh bien, sa déposition tout entière ne s'en écroule pas moins devant l'inflexibilité des faits. Ainsi, il dit : 1° qu'il a vu Poncelet ; 2° qu'il l'a vu descendre pour tirer ; enfin, 3° que, si son épée eût été assez longue, il l'aurait touché. Ces trois circonstances vont être convaincues d'impossibilité et d'imposture.

Remarquez d'abord que c'est le témoin qui se place lui-même dans cette scène. Il prétend qu'il était *au pied* de l'escalier ; j'affirme donc ici avec toute l'autorité que je puis donner à mes paroles, et sans crainte d'être démenti par ceux qui connaissent les localités, qu'un homme placé où était le témoin, c'est-à-dire *au pied* de l'escalier, ne peut voir au-delà de la neuvième marche de cet escalier, fait en spirale, et tournant deux fois sur lui-même : j'affirme de plus que l'on ne peut tirer de cet escalier dans la salle d'en bas qu'à partir de cette dixième marche jusqu'à la quatorzième, et qu'ainsi le témoin n'a pu voir tout au plus que les pieds de Poncelet, qui n'a pu descendre, si c'est lui, que jusqu'à cette dixième marche, et on conviendra qu'il est difficile de reconnaître quelqu'un à ses pieds ; enfin, la dernière circonstance qu'il l'aurait touché si son épée eût été assez longue est encore fausse, attendu que non-seulement on peut atteindre avec une épée à cette dixième marche, mais même à la seizième, vu que ces marches n'ont que six pouces de hauteur chacune, toute cette déposition, comme je l'ai dit, s'écroule donc d'elle-même devant les faits matériels, inflexibles par eux-mêmes. Ainsi Mézière n'a donc pas vu Poncelet descendre d'en haut ; puisqu'il ne voyait pas par sa position au-delà de la dixième marche ; il ne l'a pas vu tirer, car le même obstacle s'y opposait, et le coup n'aurait pu d'ailleurs porter dans la salle s'il était descendu plus bas que la dixième marche ; par suite il n'a pu le reconnaître, car il n'a pu lui voir tout au plus que les pieds ; enfin il n'est pas vrai que son épée fût trop courte pour l'atteindre sur sa dixième marche, quand on peut toucher facilement un individu placé sur la seizième. L'évidence est là , on peut la consulter au besoin.

Le second témoin qui vient attester que Poncelet est le meurtrier de Houel , et qu'il le reconnaît, c'est le sieur Buvelot, aussi sergent de ville. Ce témoin a été si embarrassé, pour donner quelque signe recognitif, que n'en pouvant trouver, il a prétendu que Poncelet lui-même lui avait avoué le fait. Qu'un témoin soit inexact, que ses sens l'aient trompé , cela se conçoit encore, et peut s'excuser jusqu'à un certain point, mais qu'un agent de la force publique vienne déposer devant la justice d'une circonstance hautement accusatrice , quand cette circonstance est évidemment mensongère, voilà ce qui frappe d'une sorte de stupeur : quoi, Buvelot, Poncelet vous a dit qu'il était l'assassin de Houel ?... Prenez-y garde, car Poncelet dénie ce fait, et jusqu'ici il a été assez franc, jusqu'ici il n'a pas assez reculé devant la vérité, quelque terrible qu'elle fût pour lui , pour que votre témoignage puisse l'emporter sur le sien : vous déclarez ce fait, Poncelet l'accuse d'imposture, MM. les jurés sauront lequel des deux témoignages ils doivent croire. Nous verrons d'ailleurs si le vôtre n'est pas détruit par d'autres aussi croyables.

Ainsi Buvelot qui ne constate nullement le fait, ne précise aucune de ces circonstances, ne produit aucun signe recognitif particulier capable de donner quelque créance à son dire , dépose principalement devant la justice un aveu que l'accusé, homme de cœur et de résolution, déclare faux et mensonger, il suffit de mettre dans la balance des vraisemblances cet aveu dénié pour se persuader de son peu de poids.

Le troisième témoin qui a déposé du même fait est le sergent de ville Armbuster ; celui-ci à la différence du précédent, dépose avec une telle étendue de circonstances et un tel luxe de détails, que si le fait a eu lieu de la manière dont il le raconte, non-seulement lui Armbuster, mais tous les sergens de ville, tous les gardes municipaux, tous ceux en un mot qui étaient dans la salle d'en bas ont dû voir Poncelet : selon lui en effet Poncelet est descendu quelques marches lentement, a appuyé son bras sur le rampe, a armé son pistolet, l'a tiré une première fois, le coup ayant raté, il l'arme une seconde fois, tire, le coup part et va frapper Houel. Toutes ces circonstances qui auraient duré au moins quinze secondes, c'est-à-dire un quart de minute, auraient, je le répète, exposé Poncelet à tous les regards, et Poncelet placé ainsi en regard de tous fut resté dans l'esprit de chacun, chacun eût retenu ses traits, sa physionomie. Eh bien, chose remarquable, aucun des témoins, même de sergens de ville, n'ont parlé de ses traits, ils l'ont reconnu à quoi ? à sa redingote à la propriétaire, boutonnée et large.

Cette reconnaissance, si c'en peut être une, est au moins bien invraisemblable ; car comment reconnaître un individu à sa redingote, dans un escalier, lorsqu'une tapisserie règne dans toute la longueur de la rampe de cet escalier tournant et empêche de discerner, en interceptant la partie inférieure du corps depuis la ceinture, si un individu a un habit ou une redingote.

Voilà pourtant le signe le plus frappant donné par les deux témoins qui viennent d'être entendus. Quelle conviction peut-on établir sur de tels signes recognitifs, quelle confiance accorder à de semblables allégations? Voici un quatrième témoin qui a reconnu Poncelet à un singulier signe; il n'a jamais vu Poncelet, il ne le connaît ni directement ni indirectement. Eh bien, placé en dehors, il voit à l'intérieur un individu avancer un pistolet pardessus la rampe; soudain il se sauve aussitôt vers la porte-cochère (et je ne l'en blâme pas); mais il en a vu assez, c'est Poncelet, ce ne peut être que lui; mais à quoi, dit le juge instructeur, le reconnaissez-vous? *à son pistolet?*... Pistolet, Poncelet, il paraît que tout s'est confondu dans l'esprit de ce témoin, puisqu'en apercevant l'un il l'a pris pour l'autre. Ce témoin, c'est François, sergent de ville aussi, quoiqu'un peu peureux, n'importe, il a vu. Messieurs les jurés examineront dans leur sagesse, si cet homme n'a pas pu être induit en erreur par ses sens si faciles à se troubler; quant à moi, sa déposition me fait l'effet de celles de gens qui prétendent avoir vu des revenans, et je n'y puis croire. Enfin, Marquis, cinquième témoin, vient compléter la série de ceux qui reconnaissent Poncelet pour le meurtrier de Houel. Ce témoin dit qu'à peine entré dans le restaurant, il a vu un homme *du haut* de l'escalier ajuster un pistolet qui rata au premier coup et partit bientôt : c'est ce coup qui frappa Houel. Il ajoute qu'il vit celui qui tira ce coup, remonter ensuite.

Cette déposition contient une contradiction et une impossibilité matérielle; une contradiction, en ce que le témoin dit en commençant que le meurtrier était *au haut* lorsqu'il ajusta, et puis ensuite qu'il remonta en haut ; or, on ne peut remonter un escalier quand on se trouve au haut de cet escalier : mais l'impossibilité matérielle est importante à constater :

Marquis prétend que celui qui a tiré était au haut de l'escalier; si c'est vrai, l'individu, pour tirer, a dû se pencher, se courber en double, et se trouver, lorsqu'il lâcha le coup, dans la position d'un homme qui plonge la tête en bas; or, dans cette position, le coup qui aurait parti serait venu non toucher M. Houel, situé sur un plan horizontal à l'escalier, mais celui qui se fut trouvé directement en ligne verticale avec l'escalier? On conçoit bien en effet qu'un individu tout-à-fait penché dans un escalier puisse toucher, avec une arme, celui qui est au-dessous de lui, mais on ne conçoit pas que ce même individu puisse toucher quelqu'un situé à vingt-quatre pieds de l'escalier et sur un plan excentrique. Il suit de cette déposition qu'elle ne peut s'expliquer par le fait, elle est donc inadmissible.

Je ferai quelques observations générales à l'égard de ces cinq témoins qui disent avoir reconnu Poncelet pour celui qui a tiré le coup homicide : la première est celle-ci : L'appartement d'en bas n'était éclairé que par quatre becs de quinquets, il était tard ; ces quinquets, allumés depuis quatre heures de l'après-midi (on était à deux heures); avaient brûlé pendant dix heures, ce qui atteste qu'ils devaient baisser de clarté alors. Une seconde observation : l'escalier n'était pas éclairé et ne recevait que sa part de lumière des quatre becs. Il est situé dans un coin, au fond de l'appartement; il était peu facile de fixer les traits d'un homme placé dedans.

Le papier de l'appartement ensuite est d'un vert foncé, et à la lumière, il doit assombrir tous les objets qui s'y trouvent, là encore nouvelle difficulté de discerner.

Mais j'arrive à la plus forte de mes objections : comment se fait-il que les sergens de ville qui, le 16 février, ont prétendu reconnaître Poncelet devant le juge d'instruction ne l'aient pas reconnu à l'instant même, lorsqu'il descendit de l'entresol, donnant le bras à un de leurs commarades, auquel il avait dit qu'il se rendait. Comment, lorsque Poncelet descendit le premier.... Ah! si c'était réellement Poncelet qui eût tiré, si ces hommes surtout l'avaient bien vu, discerné, saisi à l'œil, ils se fussent écrié aussitôt en le voyant descendre : le voilà le meurtrier, c'est lui qui a tué notre camarade Houel, ce sont ses traits, sa physionomie, sa tournure, son regard, c'est bien lui, qu'on le saisisse fortement, qu'on le surveille entre tous. Rien de tout cela, Poncelet descend le premier; je le répète, le calme règne tellement sur ses traits que personne ne songe à l'assassin de Houel, cette idée ne vient à aucun, il sort, il arrive à la préfecture de police, on le jette dans un cachot, personne encore ne le qualifie d'assassin. Ce n'est que quinze jours après, le 16 février, que cinq sergens de ville déclarent le reconnaître ; pourquoi, alors, quand les fulgurations de cette scène horrible avaient dû déjà s'effacer de l'esprit de tous ou du moins s'y affaiblir, pourquoi ? Nous en dirons plus loin la raison.

Après ces dépositions venons à celle qui nous font passer à l'état de doute, sur cet événement, je veux dire à celle des témoins, qui n'ont aucun intérêt à reconnaître Poncelet, et qui ont apporté plus de sang-froid que ceux dont je viens de citer les témoignages : je veux parler des dépositions de M. de Sénancourt, de M. Carlier, de M. David, de M. Bouroux et de Roussel officier de paix. M. de Sénancourt qu'on a voulu placer dans une position critique-intéressante ; Sénancourt déclare qu'en entrant, il s'est dirigé vers le fond de la pièce, à cet instant il vit un pistolet dirigé à travers les barreaux du petit escalier, l'amorce brûla, dit-il, et le coup ne partit pas. Il ajoute *qu'il n'a pu voir* l'homme qui dirigeait cette arme.

Ainsi nouvelle version, c'est à travers les barreaux que le pistolet fut dirigé ; et M. de Sénancourt qui a bien vu n'a point dit qu'il fût dirigé sur lui. M. de Sénancourt est officier, il commandait la garde municipale, le signe de l'honneur brille sur sa poitrine, toute confiance doit donc être ajoutée à ses paroles, s'il n'a rien distingué, c'est qu'il n'était pas possible de discerner qui que ce fût. Le sieur Carlier n'a pas vu celui qui a dirigé le coup, selon lui il rentrait de la petite cour lorsque ce coup partit, selon M. David, il était devant l'escalier même, ici la confusion commence, et le doute naît nécessairement ; cependant le sieur Carlier, chef de la police municipale ne manque pas de sang-froid dans ces sortes d'occasion, et son témoignage ne peut-être suspect, placé même où il prétend qu'il était, il pouvait voir et distinguer facilement les traits de celui qui a tiré ; il a le coup-d'œil assez perçant et assez sûr, l'habitude chez lui est grande à cet égard ; il dit qu'il n'a pas reconnu Poncelet, il faut donc dire que ce n'était pas lui.

M. David était bien en position de voir celui qui a tiré ; car il était devant Houel, et le couvrait pour ainsi dire de son corps, ainsi qu'il l'a déclaré : Eh bien ! s'il était vrai que Poncelet fût celui qui tira, nul doute qu'il n'eût été reconnu par M. David ; celui-ci avoue avec sincérité qu'il ne reconnaît aucune des personnes qui ont figuré dans cette scène, et que le trouble fut si extrême qu'on ne ne peut rien préciser : La vérité, Messieurs, est dans cette déclaration , oui le désordre et le trouble faisaient de cette scène une fantasmagorie vivante où rien n'était susceptible d'être fixé , tous les objets passaient à travers l'esprit et s'y croissaient avec la rapidité d'une onde mobile , rien donc n'a pu être saisi sur cette surface agitée.

Le sieur Bourroux, officier de paix , déclare pareillement que c'est à travers les barreaux de l'escalier que le pistolet fut dirigé , il cite une circonstance particulière qu'aucun autre n'a déclaré , c'est celle de l'arrestation d'un homme armé d'un fusil , au moment où il descendait l'escalier , cet homme n'est pas Poncelet ; car le juge d'instruction lui ayant présenté mon client, il ne le reconnut ni pour être celui qui ajusta un pistolet à travers les barreaux, ni pour celui qui fut arrêté avec un fusil.

Enfin le sieur Roussel, aussi officier de paix, qui fut un de ceux qu'entrèrent les premiers et qui suivit constamment le chef de la police municipale le sieur Carlier, n'a pas non plus reconnu Poncelet, et déclare n'avoir pas vu l'auteur du coup de pistolet.

Voilà donc une seconde série de témoins, de témoins dont l'autorité comme chefs eût fait poids dans cette circonstance, qui s'accordent à dire, 1° que ce fut à travers les barreaux de l'escalier qu'un pistolet fut dirigé, et qu'ils n'ont reconnu aucun des acteurs de cette scène ; M. Bouroux dépose d'une circonstance neuve , qui n'a été confirmée par personne, c'est l'arrestation d'un homme armé d'un fusil, dans l'escalier, et cet homme n'est pas Poncélet. Ainsi cette série de témoins plus graves, plus rassis, plus de sang-froid et qui doivent inspirer plus de confiance, n'ont pas distingué qui a tiré, cependant ils sont entrés les premiers, ensemble et se sont dirigés vers l'escalier aussitôt leur entrée.

Voici maintenant une troisième série de témoins qui attestent avoir vu celui qui a tiré le coup de pistolet qui tua Houel : ce sont 1° les nommés d'Haène ; 2° Lelez ; 3° Lemaître ; 4° Béraud ; l'accusation qui s'est montrée impartiale dans le reste du procès, n'a pas cité le troisième de ces témoins, Lemaître, je lirai sa déposition.

Dans sa première déclaration Béraud a dit que c'était *d'en haut* que le coup qui avait été dirigé sur son officier, était parti devant le juge d'instruction, il a déclaré que c'était de la deuxième marche *d'en bas*, mais un fait sur lequel il n'a pas varié c'est que c'est le même individu qui s'élança de l'escalier, le pistolet à la main, il l'a reconnu, et au moment où il sortait, il le poursuivit et le tua.

Ainsi, selon Béraud, celui qui tira le coup, qui tua Houel (bien que ce coup lui ait semblé dirigé sur son officier) est bien celui qui se précipita de l'escalier et parvint même à sortir. C'est alors que Béraud le reconnaissant, le poursuivit et l'étendit mort d'un coup de baïonnette dans les reins. Ici la déposition de Béraud est grave, messieurs, car Béraud aussi, lui, a tué un homme, et s'il n'a pas tué un assassin, s'il n'a pas frappé celui qu'il pouvait encore envisager comme un être dangereux, si, en un mot, sa position n'était pas celle d'un homme qui agit dans le cas de légitime défense, son action est punissable, car il a frappé un individu, par derrière et lorsqu'il fuyait évidemment : son acte est punissable, car il n'a pas agi, *cum moderamine, inculpatæ tutelæ.*

Mais il n'en est pas ainsi, Béraud a reçu ici au milieu de ces débats le *verdict* d'absolution de M. le président

lui-même, Béraud l'a reçu aussi ce *verdict* de sa cons-
cience; que reste-t-il donc alors? Un homme poussé
comme je l'ai dit, par un fatal instinct; pour son salut,
cet homme invoque la mort, elle arrive, car elle répond
soudain à celui qui l'appelle dans un moment extrême :
mais bientôt cette même mort est appelée aussi contre
celui qui avait voulu s'en servir; toujours prête à frapper, elle atteint bientôt sa seconde victime, et c'est ainsi
qu'en intervenant comme secours ou comme châtiment,
elle amena une double destruction.

Trois autres témoins déposent également que celui
qui fut tué par Béraud est précisément celui qui tira le
pistolet et s'élança de l'escalier pour se sauver. Ce sont
les sieurs D'Haène, Lelez et Lemaître; leurs déclarations devant M. Faroux, le commissaire de police spécialement attaché à la préfecture, faites le lendemain
même, 3 février, a selon moi le plus haut degré de véracité et d'authenticité. Déjà, le 16 février, interrogés
devant le juge instructeur, ils n'ont plus précisé avec le
même ensemble ce fait qu'au premier moment ils ont
déclaré unanimement. Cette circonstance, messieurs,
donne à penser que les déclarations faites postérieure-
ment peuvent déjà avoir bien de l'inexactitude. (Ces
trois déclarations reproduisent celle de Béraud et la con-
firment, de manière à ne plus laisser de doute sur ce
point.)

Ainsi, voilà trois catégories bien distinctes de témoins
déposant sur le même fait.

La première, celle des sergens de ville qui reconnaissent Poncelet, sans rien préciser de bien reconnaissable
en lui, et se contredisant d'ailleurs sur les circonstances
du fait.

La deuxième, celle des agens supérieurs de la police

et de l'officier de la garde municipale, qui fait naître déjà un doute immense sur la véracité des premiers témoins.

Ils déclarent ceux-ci n'avoir ni vu celui qui a tiré ni l'avoir reconnu ; et cependant ils étaient plus de sang-froid et examinaient plus froidement ce qui se passait ; enfin ils se trouvaient placés en première ligne pour bien voir les événemens.

Enfin une troisième catégorie de témoins les mieux placés peut-être pour bien voir celui qui a tiré, puis-qu'ils étaient en face de l'escalier, déclare que le meurtrier est celui qui a été tué en voulant sortir, et expliquent fort bien ainsi et le but et l'intention de ce misérable qui avait sans doute perdu la tête ; d'où il résulte que la plus grande confusion naît de ce conflit de témoignages, et que ce qu'il y a de plus certain dans ce fait, c'est que rien n'est certain relativement à son auteur. Vous n'avez donc sur ce fait ni unanimité de témoignages, ni unanimité sur ses circonstances ; ici, je ferai une observation à l'égard de ceux qui disent que c'est Poncelet, c'est que ce sont tous des sergens de ville ; ceux qui prétendent au contraire que celui qui tira est l'individu qui a été tué sont tous des gardes municipaux. D'où vient que les sergens de ville accusent seuls Poncelet ? Messieurs, n'en trouverait-on pas un motif dans l'affreux traitement dont Poncelet a été l'objet de la part des sergens de ville, lorsqu'il fut arrivé à la préfecture de police : et n'est-ce pas autoriser à penser que cette accusation, cette reconnaissance posthume n'a été évoquée que lorsque la situation de Poncelet a dû les engager à trouver une excuse à l'horrible excès de force brutale dont il a failli être victime ; on peut donc dire à ces sergens de ville : vous accusez Poncelet

d'être l'assassin de Houel, pourquoi ne l'avez-vous déclaré que quinze jours après ? Que s'est-il donc passé
entre ce meurtre et cette déposition, un fait grave qui
vous incrimine vous-même, accusateurs ! Poncelet aussi
lui a trouvé des assassins ; et si ce n'est vous, c'est quelqu'un des vôtres.

Je le dis donc ici avec toute la conviction et l'énergie
dont je suis capable : Non, non, cent fois non, ce n'est
pas Poncelet qui a tué Houel ; non, ce n'est pas lui que
nous connaissons si courageux et si humain, non, ce
n'est pas Poncelet, et pourquoi, dans quel but, dans
quel intérêt, pour quelle vengeance? Cependant le crime
sans intérêt, sans provocation, sans colère, ne s'explique pas, c'est de la folie, et les auteurs de tels crimes,
c'est à Charenton qu'on les envoie et non à la mort.

Disons-le donc pour la satisfaction de tous les cœurs
et pour l'honneur de l'humanité : non, Poncelet n'est
pas le meurtrier de Houel, et ainsi ce coup fatal, le seul
dont le caractère sanglant puisse fournir matière à la
tentative n'a point été tiré dans le but d'exécuter, de
réaliser le complot, n'a point été commandé par le dépositaire de la volonté commune, enfin n'a point été
tiré par Poncelet, chef prétendu de la réunion de la
rue des Prouvaires, il n'y a donc pas eu de tentative,
dans le fait, commis dans la nuit du 1 au 2 février.

Voyons maintenant si un complot a existé.

SECONDE QUESTION.

COMPLOT.

Qu'est-ce que dans le langage de la loi on entend par un complot?

Est-ce une ou plusieurs réunions d'hommes malveillans? Non :

Est-ce un ou plusieurs rassemblemens de citoyens armés ? Non :

Est-ce enfin une association d'individus dont les intentions sont défavorables, hostiles même au gouvernement? Non : c'est plus que tout cela. Qu'est-ce donc?

Le complot, ce crime si redoutable à concevoir et si déraisonnable à tenter, puisque, comme l'a écrit Chateaubriand, on ne trouve pas dans l'histoire des peuples civilisés un seul exemple de sa réussite; le complot, c'est le crime fait à la volonté de l'homme, à la différence de tous les autres crimes, qui sont faits à ses actes. Effectivement, notre législation pénale se divise en deux grands chapitres.

Le chapitre des crimes faits aux actes, depuis le parricide jusqu'à la plus légère voie de fait, depuis l'incendie jusqu'au simple bris d'une haie morte; et le chapitre des crimes faits à la volonté : ce second chapitre ne contient qu'un crime unique en deux paragraphes ; c'est le complot contre la vie du prince et des siens, et contre la constitution du pays. En sorte qu'on peut dire avec justesse, que les actes humains réprouvés par la loi constituent le fonds commun de la pénalité, et que la volonté de tuer le prince ou de briser la constitution de l'état forme, par cette double exception, le second chapitre de notre code criminel. D'où vient cette exception ? c'est d'abord que le législateur qui a considéré la société comme une vaste association de défense mutuelle, a pensé, et avec raison, que s'il suffisait, à l'égard des particuliers, que la loi réprimât tout acte attentatoire à leurs personnes ou nuisibles à leurs intérêts, cette même loi devait être plus susceptible, plus rigoureuse, et faire quelque chose de plus lorsqu'il s'agissait de la conservation de la société elle-même ou de son chef. Il a compris que dans ce cas exceptionnel il devait non-seulement s'attaquer à l'acte, mais à la volonté de le commettre.

Mettant donc ainsi à nu notre système pénal tout entier, nous trouvons que la loi frappe toujours et partout les actes qui attaquent soit les personnes, soit les intérêts, une seule fois elle entre dans le domaine de l'intelligence, remontant au principe de l'acte lui-même, c'est-à-dire à la volonté de le commettre ; mais c'est lorsque cette volonté s'insurge contre ce qu'il y a de plus sacré, de plus inviolable dans la société, la constitution du pays et la vie du prince.

Le complot est donc le crime que la loi fait à la volonté dans ces deux cas déterminés.

Mais est-ce à toute volonté de ce genre d'hostilité que la loi fait un crime capital ? et suffit-il qu'un citoyen nourrisse cette pensée dans son cœur pour qu'à l'instant la loi pénale frappe sa tête. Telle n'est point l'intention ni la lettre de la loi.

D'abord la loi ne frappe *la volonté isolée* que lorsque cette volonté solitaire se traduit, se manifeste par un acte (art. 46 du nouveau Code pénal). La loi, dans sa sagesse, a cru que la société n'avait rien à craindre des mauvais desseins d'un citoyen isolé, tant que ces mauvais desseins ne sortiraient pas de son cœur. Ainsi la volonté isolée est inattaquable tant qu'elle ne se produit pas au dehors par un acte ou une tentative d'acte qui la révèle.

Maintenant, est-ce une volonté ordinaire, vague, flottante dont la loi fait la base du crime de complot? non; elle ne lève son glaive que lorsque cette volonté subversive s'intitule *résolution d'agir*; mais là encore elle ne frappe pas, elle attend : elle attend que cette volonté résolue ait pris d'autres caractères, et parcourre deux nouveaux degrés de criminalité. La volonté de l'homme étant essentiellement ambulatoire, la loi veut que cette volonté se caractérise elle-même par deux circonstances essentielles, savoir : en se concertant et en arrêtant l'action. Telle est, en effet, la définition complète et entière que la loi donne elle-même du complot, c'est la résolution d'agir, concertée et arrêtée (art. 45 du nouveau Code pénal, paragraphe 2.)

Ainsi, d'abord, ce n'est pas une volonté vague et flottante que veut la loi, c'est une résolution d'agir; mais cette résolution d'agir a encore besoin d'être cimentée par l'adjonction de deux circonstances, de deux conditions qui lui donnent la vie et le mouvement, pour ainsi dire, c'est le concert et la fixation de l'exécution.

Qu'et-ce donc que le concert dans l'esprit de la loi?

C'est la fusion de plusieurs volontés en une seule,

de plusieurs volontés résolues à agir dans un but commun, à l'aide des mêmes moyens et des forces communes. Le premier caractère du concert est donc l'association des volontés ; car, sans sympathie de volontés, comment s'entendre sur les *moyens* et le *but* de l'exécution. Viennent ensuite les *moyens*, c'est-à-dire l'intelligence profonde de l'action et la mise en jeu de toutes les ressources qui se trouvent à la portée d'hommes décidés ; ils forment le second caractère du concert parfait. Le troisième, celui sans lequel les deux autres seraient paralysés, c'est le but. Il faut unité de sentimens sur le but de l'exécution, c'est-à-dire sur ce qu'on doit renverser, et sur ce qu'on doit mettre à la place de ce qu'on renverse.

Telle est la filiation naturelle et indispensable des actes sur lesquels les volontés doivent s'entendre pour former le concert légal. C'est là qu'il est nécessaire de rencontrer ces hommes au génie subversif, calculant froidement la destruction, et résolus de tout sacrifier pour y parvenir ; ce n'est plus le moment de se résoudre, c'est celui de calculer les obstacles, de les mesurer tous, et de les mettre en balance avec les moyens qu'on a de les renverser : c'est à ce moment que presque toujours les complots s'évanouissent, parce que là il ne s'agit plus seulement de résolution, il faut du génie ; oui, du génie spécial, et c'est l'absence d'un homme doué de ce génie qui a presque toujours fait abandonner les complots projetés, ou manquer ceux qu'on a essayé d'exécuter. Ainsi le concert a lieu, 1° par l'association des volontés, 2° par l'intelligence des moyens dont l'économie se compose des ressources à faire valoir, des rôles à distribuer et du plan d'attaque à choisir; et 3° par l'unité de vues sur le but, c'est-à-dire sur ce qu'on doit renverser et sur ce qu'on doit mettre à la place : c'est le concert tel que la loi l'exige, et si une de ces conditions manquent, il n'y a plus d'exécution possible, puisqu'il n'y a pas d'association véritable.

Ces degrés préliminaires franchis, la résolution d'agir et le concert, il n'y a pas encore de complot : le pacte n'est pas encore obligatoire. Il n'y a complot que lorsque ce pacte moral est signé par le serment d'agir *à telle époque*, lorsqu'on a *arrêté* l'instant de l'action, instant solennel, où l'homme touche au ciel et à l'abîme, et où victime d'une conviction bonne ou mauvaise, il n'en dévoue pas moins ce qu'il a de plus précieux, sa tête : voilà le crime de la volonté, c'est-à-dire lorsqu'elle a traversé tous les degrés de la détermination.

Oh ! alors, la loi a bien le droit de venir foudroyer cette volonté vivante, toute armée, toute vibrante d'action. Mais quel espace immense n'a-t-elle pas voulu lui laisser parcourir avant de l'atteindre, et quels caractères n'a-t-elle pas voulu lui reconnaître préalablement? Non, la loi qui a défini le complot par la volonté la plus vigoureuse et la plus complète, revêtue des mots les plus énergiques de la langue, n'est pas une loi barbare ! mais il faut être dans ses conditions absolues pour qu'elle punisse : voyons donc si les hommes accusés ici de complot se trouvent dans ces conditions.

Si Poncelet, qu'on prétend être le chef du complot qu'on poursuit aujourd'hui, n'a jamais été dans les conditions du complot légal, il faudra bien conclure que ses partisans n'y étaient pas; examinons donc le complot à l'égard de Poncelet :

D'abord, y avait-il résolution d'agir de sa part ? Messieurs, sa franchise vous l'a avoué, et bien que je ne reconnaisse pas la vérité légale dans les aveux d'un ac-

cusé, bien que je ne conçoive pas en équité une condamnation basée sur l'aveu seul d'un homme placé sous
le glaive de la loi (aveu sur lequel je reviendrai plus
loin) , je veux bien admettre un instant avec Poncelet
qu'il avait, lui, la résolution d'agir.

Mais qu'est-ce que cette première disposition d'un
homme à agir? Dans quelle situation le place-t-elle, est-
elle de nature à le lier irrévocablement au crime ? De
ce qu'un citoyen aura la résolution d'agir contre un
ordre de choses ou la personne d'un souverain, doit-il
nécessairement finir par arriver à un complot? Eh!
non, certainement; si un mécontent, un malintentionné
prend une résolution d'agir contre le gouvernement ou
le prince, et qu'il l'abandonne, certes, rien au monde
ne le peut atteindre ; s'il persiste dans cette résolution
d'agir, au contraire, qu'il veuille agir, mais que les
élémens complémentaires du complot lui manquent,
c'est-à-dire le concert et la fixation de l'exécution, cet
homme résolu ne sera pas coupable, il sera tout sim-
plement, non pas comme le disait un de mes confrères
à l'égard de son client (ce qui était juste), un suspect
en disponibilité, mais un conspirateur en disponibilité;
et tant que le concert et la fixation de l'exécution n'au-
ront pas eu lieu, il ne sera rien de plus. Maintenant y
a-t-il eu concert de la part de Poncelet avec les hommes
de la rue des Prouvaires?

Singulier concert que celui qui devait faire éclater le
prétendu complot, d'abord à quatre heures du soir, le
jour du 1er février, puis à dix heures du soir, le même
jour, puis enfin à deux heures du matin de la journée
du 2 février : singulier concert que celui qui commence
par des libations et des sacrifices au dieu de la joie,
quand il ne devait être précédé que d'invocations aux

dieux infernaux; singulier concert enfin que celui qu'on remet à un moment où chacun n'est plus maître de sa raison et de sa volonté!

Quoi! le plus difficile de tous les actes, celui qui exige la plus grande liberté d'esprit, un concert de complot politique aura lieu, passez-moi l'expression, au milieu des fumées d'un festin, entre le dessert et la demi-tasse de café! Vous riez de pitié, Messieurs, à la vue de ce conciliabule en goguette, et il ne vous fait ni trembler de crainte ni frémir d'horreur. Messieurs, dans la conspiration de 1821, il y eut aussi une réunion de conjurés dans un hôtel où l'on donne à manger, à l'hôtel de la *Boule d'or*, à la Rochelle; mais là on ne dîna pas, les tables ne furent dressées que pour recevoir les cartes des conjurés et pour les déployer : là, on ne but pas, mais on compta les forces disponibles, on se pénétra des instructions du chef, on discuta sur le but et les moyens de l'atteindre. Là, le chef ne se fit pas attendre jusqu'à onze heures comme au restaurant Larcher, il ne parut pas en se désistant de tout projet, et déclarant que pour sa part, il ne se mêlait de rien. A l'hôtel de la Rochelle, le chef présida la réunion, fit part de tout le complot, en appuya toutes les dispositions, et finit par y faire converger toutes les opinions qu'il entraîna. Là, enfin, on ne s'en alla pas quand on eut bien bu et bien mangé, on ne se sépara qu'après avoir juré sur le poignard que tel jour, à telle heure, tous s'insurgeraient comme un seul homme, et périraient en exécutant le complot arrêté, ou triompheraient avec lui.

Que voyons-nous au contraire dans la rue des Prouvaires? des hommes inconnus les uns aux autres, des curieux, des badauds qui viennent chercher un bon dîner, et qui se retirent la plupart ensuite; des hommes qui laissent si peu de prise sur leurs intentions, par leur extérieur, leur tenue et conversation, que jusqu'à l'arrivée des armes, le maître du restaurant, les prit pour des membres de la société du peuple se fêtant entre eux. Ajoutez à cela que celui qui avait commandé le repas n'y vint seulement pas, car lorsque Poncelet arriva, on était au dessert; d'où il suit que déjà il y avait impossibilité de se concerter lorsque le prétendu chef se présenta au milieu de cette réunion bacchique. Ainsi pas de concert réel ou possible rue des Prouvraires. Dans une autre conspiration qui a failli réussir, bien que cinq personnes seulement fussent dans son secret, il y eut aussi concert dans une maison du Faubourg-Saint-Germain. Ici la capacité et le génie suppléaient au nombre, et si ces cinq conspirateurs eussent eu au même degré la résolution et le courage, leur complot eut probablement réussi : on comprend que je parle ici de la conspiration Mallet. Mais encore une fois, rue des Prouvaires, comment concevoir un concert entre hommes inconnus, entre hommes incapables, entre hommes pris de vin ; non, la raison pas plus que la loi ne peut l'admettre.

S'il n'y a pas eu concert dans la maison Larcher, il n'a pu y avoir de fixation pour l'exécution, elle n'a pu être arrêtée, et irrévocablement précisée, car on ne peut arrêter qu'une chose concertée ; cette seconde condition est corélative de la première et ne peut exister sans elle. Je le soutiens, et un fait décisif autant qu'il a été évident aux débats le prouve, c'est que Poncelet qui en arrivant à onze heures s'était désisté (et comment ne l'eût-il pas fait en apercevant les hommes qui se trouvaient chez Larcher), c'est que Poncelet, dis-je, qui depuis son arrivée était resté dans la pièce d'en haut, ne descendit pas lorsque les armes arrivèrent. S'il avait été chef d'un complot *concerté,* l'occasion était instante, il la fallait saisir, et c'était à lui à recevoir ces armes, à les distribuer, à assigner le rôle de chacun, et à faire jurer à tous de vaincre ou de périr avec ces armes. Eh bien, il resta tranquille en haut, ne descendit pas, et lorsque la force armée arriva, quelques instans après l'introduction des armes, elle ne le trouva pas dans la salle du rez-de-chaussée. Ce fait parle plus haut que tous les raisonnemens.

Quoi dira, M. l'avocat-général, Poncelet n'avait pas la résolution d'agir *arrêtée,* mais l'argent donné pour les armes et distribué par lui, les armes livrées, sa ceinture, ses pistolets, les clefs des Tuileries, ses aveux enfin, tout cela n'indique-t-il pas une résolution d'agir irrévocablement fixée ?

Messieurs, expliquons-nous !

L'argent évidemment n'est pas venu de Poncelet, il n'a rien : les armes, il s'en est occupé, mais comme courtier-acheteur. Il avait, d'après Dermenon, sur leur achat, une commission de 2 p. o/o ; les pistolets, personne n'est venu dire les lui avoir vendus personnellement ; la ceinture, une perquisition faite chez lui a prouvé que ce n'était pas lui qui l'avait fabriquée ; les clefs enfin, une rigoureuse enquête n'a également jeté aucun jour sur leur fabrication : et cependant, messieurs, c'est à l'accusation à tout prouver et à dire : voilà les chefs du complot, voilà leurs partisans, voilà leur plan, ils ont pris là leurs moyens d'agir, ils devaient agir tel jour, à telle heure, arriver à tel but, et néanmoins l'accusation se tait sur toutes ces circonstances essentielles. Oui, je dirai avec mon client : nous avons reçu des confidences de complots, oui il en a été question entre moi et un in-

connu ; mais cet inconnu , c'est lui qui m'est venu trouver, c'est lui qui m'a tout dit, c'est lui qui m'a fourni
argent, armes, ceinture, clefs : cet homme, quel est-il?
je l'ignore, moi ; mais vous qui accusiez vous devez le
connaître, et, si vous niez son existence, si vous ne le
connaissez pas encore, les débats sont là pour vous la
révéler ! Voulez-vous que je vous signale quels sont les
hommes avec lesquels il m'a mis en rapport ?

Eh bien, les voilà : il est venu me trouver de la part
d'un sieur Chapeau qui m'avait parfaitement précisé
toutes mes demandes et me fit des propositions de complot que je refusai, puis il me rappela tout ce qui s'était
passé entre nous. Ce chapeau, je l'ai vu un jour en entrant chez le juge d'instruction, et le croyant arrêté je
me tus, cependant il ne l'était pas ; ce même inconnu
que j'ai dit être un vieillard, m'a mis aussi en rapport
avec un sieur Petit-Prêtre qui est brocanteur, affilié au
pouvoir occulte; avec Dermenon qu'on connaît; il m'a
remis les clefs des Tuileries, enfin l'enquête la plus sévère
n'a pu éclaircir le fait de la fabrication de ces clefs,
voilà l'homme, voilà celui dont je ne suis que l'ombre;
et si vous ne le connaissez pas , je vous donne pourtant
assez de renseignemens pour le connaître ; on déclare
l'avoir vu le soir rue des Prouvaires, Me Larcher l'a
déclaré, eh bien je le revis encore moi, lorsque je mar-
chais à la préfecture dans la nuit du 1er au 2 février
donnant le bras à un sergent de ville, je le vis sur le
Pont-Neuf, où cependant on arrêtait tout le monde ! ! !
C'est affreux dira le ministère public d'insinuer qu'un
pareil agent appartienne à la police , messieurs ! il me
répugne plus qu'à tout autre de parler d'une administration qui veille à la sécurité de tous ; plaignez-moi
d'être dans la nécessité d'en parler, il faut y être forcé

comme je le suis pour m'y résoudre, mais il faut bien que j'examine quel rôle apparent, extérieur elle a joué dans cette affaire. La police ! il tenait à elle de tout prévenir, de tout empêcher, et si elle n'est pas hautement provocatrice, elle est au moins coupable d'avoir manqué à tous les devoirs que lui imposait la loi.

Elle en est coupable, car dès le 3o janvier elle était instruite. Dès le 3o janvier M. le président du conseil avait été averti, M. le préfet de police le fut le 1er février à trois heures, par Dermenon, par Nolte, par Bartélemy, il ne le nie pas. Eh bien, sur tant d'avis différens reçus par le ministre, le préfet, le commissaire de police de la rue Saint-Pierre Montmartre, quelle mesure a pris le préfet? Une seule était à prendre, il savait tout, il savait qu'il devait y avoir des réunions rue des Prouvaires, à la Bastille, boulevart mont Parnasse, rue de Sèvres etc., eh bien qu'a-t-il fait pour les prévenir? rien : le déploiement de quelques compagnies de la force publique eût suffi pour tout arrêter sur tous les points; pourquoi ne les a-t-il pas mises sur pied? il y a dans cette négligence une responsabilité immense : non-seulement il ne prend pas cette mesure que la prudence lui suggère, mais il ne remplit pas un devoir que la loi lui commandait. On sait, messieurs, qu'une loi de police ordonne la fermeture des cafés à minuit.

Eh bien si en vertu de cette ordonnance bien connue, un commissaire de police se fut présenté à minuit rue des Prouvaires, avec quelques agens de la force publique, et l'eût fait évacuer, alors il n'y avait par d'armes encore dans le café, et on se fut dispersé sans qu'il arrivât de mal, sans qu'il y eût de victimes. Je dis qu'il n'y avait pas d'armes, car en effet, il est bien établi au procès par deux témoins dignes de foi, par le cocher et le garde municipal placé à l'avant-poste près le marché à la volaille, que le fiacre pris par Dermenon entre onze heures et minuit, rue de Richelieu, dirigé de là rue Basse-du-Rempart près de la Magdeleine, y resta 3/4 d'heure, de là rue du Rampart, il vint rue Traînée où il resta encore 3/4 d'heures avant d'être dirigé à la maison de Larcher, ce qui atteste qu'il était au moins une heure du matin quand les armes furent introduites. Le garde municipal qui prit la faction de minuit à deux heures du matin atteste aussi qu'il était à peu près cette heure; ainsi nul doute sur la livraison des armes après minuit, l'acte d'accusation le dit aussi : nul doute donc que, si la police se fût présentée, ainsi que la loi le lui ordonnait, à la maison Larcher à l'heure où tout établissement public de ce genre doit être fermé, il n'y eût eu ni armes livrées, ni hommes tués, ni individus arrêtés, mais il n'y aurait pas eu de conspiration étouffée !!!

Si la police a manqué à tous ses devoirs, a violé ses statuts et ordonnances, elle avait donc un but... Oui, messieurs, elle en avait un, c'était de pousser au crime quelques malheureux égarés, comme Poncelet, ou quelques curieux comme il y en a tant : oui elle a poussé au crime, car elle ne l'a pas prévenu, oui elle a poussé au crime en voulant un succès; oui elle a poussé au crime en permettant de livrer des armes. En vain le préfet de police est venu ici attester le contraire, sa déposition est contredite par trois autres dépositions: par celle de Dermenon, de Barthélemy, et par M. Nolte, qu'il a reconnu lui-même pour un homme honnête et digne de foi. Dermenon là attesté, et par sa position, il n'eût jamais osé affirmer, qu'il l'en avait eu l'autorisation.

Il y a même eu de sa part du courage à faire cette déposition et à y persister en face de celui qui d'un mot, d'un regard peut le replonger dans les bagnes. Barthélemy l'a dit et non-seulement il l'a affirmé; mais il a offert neuf témoignages qu'on a refusé d'entendre. Enfin, M. Nolté l'a avoué non-seulement ici, mais dans son interrogatoire, tout confirme donc le fait d'une responsabilité immense, et ce fait aux yeux de tout citoyen non aveuglé par la passion suffit pour enlever tous les accusés de dessus ces bancs. L'avenir Messieurs, l'éclaircira ce fait; car rien ne reste secret, et les voix qu'on a voulu étouffer, se feront entendre. Quel serait alors le remord de chacun de vous, si vous appreniez plus tard que vous avez condamné des innocens de bas étage, quand il y avait de grands coupables qui les ont fait agir, et que vous n'avez pu atteindre.

J'arrive à la circonstance des clefs.

Cette circonstance, Messieurs, confirme peut-être encore ce que je viens de dire; car jamais enquête plus active, plus minutieuse n'a été faite, pour savoir d'où sont sorties ces clefs; cette enquête n'a abouti à rien, et pourtant que ne découvre pas la police quand elle veut? Ses mille yeux, ses mille oreilles voient et entendent tout, et si la justice n'a rien découvert cette fois; c'est que la police n'a pas voulu la seconder, et si elle ne l'a pas secondée, c'est pour cause.

J'arrive au dernier chef qui selon l'organe du ministère public, prouve jusqu'à la plus frappante évidence, la résolution d'agir *arrêtée* de la part de Poncelet, ce sont ses propres aveux. Messieurs la théorie des aveux est une matière délicate et terrible en législation criminelle : un grave principe de droit Romain là domine, c'est celui-ci, *nemo auditur perire volens*.

On ne doit pas entendre celui qui se condamne. Et ce principe se puise dans une sphère élevée. Le premier sentiment de l'homme étant celui de sa conservation, on a le droit de conclure, que celui qui en se condamnant en fait abjuration, doit avoir l'intelligence en désordre. Tous ceux qui ont réfléchi profondément sur la position d'un homme accusé et qui avoue son crime, sont tombés d'accord sur ce point qu'il faut où que cet homme soit en démence, ou poussé par le désespoir, ou enfin par une fausse générosité qui ne peut devenir l'élément d'une conviction ou d'une vérité légale : oui celui qui se suicide judiciairement ne doit pas plus être écouté que celui qui a perdu sa raison? C'est l'opinion de Quintilien qui dit : « Telle est la nature de toute con-
» fession, que quiconque fait l'aveu d'un crime, peut-
» être considéré comme en état de démence; l'un
» ajoute-t-il, y sera poussé par la fureur, un autre par
» l'ivresse, celui-ci par méprise, celui-là par déses-
» poir. »

Je ne puis mieux faire en parlant sur ce sujet que de vous citer les paroles qu'un de nos célèbres confrères ici présens prononça dans une affaire de ce genre, je veux parler de M⁰ Hennequin, plaidant pour le commandant de Bérard dans la conspiration de 1821, voici ce qu'il disait : « La déclaration intime, ne se
» trouve pas dans la déclaration de l'accusé, l'a trou-
» vons-nous dans ses paroles? mais elles sont de deux
» natures : où elles constatent un fait que le ministère
» public incrimine et que l'accusé rapporte, ou elles
» contiennent un fait que l'accusé explique d'une ma-
» nière et le ministère de l'autre, de telle sorte, qu'il y a
» des paroles positives et d'autres soumises à des inter-
» prétations.

» Je ne crois pas que ce soient les paroles d'un
» accusé qui puissent offrir la mesure de la conviction
» intime que la loi réclame.

» Sans doute lorsque le ministère public prouve sa
» thèse, quand il n'en demande pas la preuve à l'accusé,
» il peut bien ne pas être arrêté par une déclaration dont
» il n'a pas besoin ; *mais quand toutes les preuves ré-*
» *sident dans la déclaration de l'accusé*, de quel droit
» le ministère public irait-il choisir dans la déclara-
» tion qu'il invoque la partie qui lui convient. S'il a re-
» cours à l'une de ces déclarations, il faut qu'il les ad-
» mette toutes... Mais il n'y aura plus de condamnation
» sur les aveux, sur de simples paroles et l'aveu quand
» il est seul, sera indivisible, ces maximes ne seront
» pas dans le texte de la loi, mais elles seront dans le
» code de la raison.

J'ai fini cette lourde plaidoirie. Ah ! Messieurs, que
ce moment est terrible pour moi, et que je voudrais pouvoir lire dans vos consciences pour m'assurer si je n'y
ai pas laissé quelques nuages ou quelques doutes. Je
me résume, espérant que cette défense sera complètement justificative pour mon client, pour Poncelet que
je voudrais vous faire connaître, comme j'ai appris moi-
même à le connaîre dans les prisons.

J'ai prouvé qu'il y avait eu haute provocation morale du gouvernement à son égard ; j'ai prouvé qu'il
n'y avait pas eu d'attentat commis rue des Prouvaires,
et qu'il n'était pas l'auteur du meurtre de Houel :

J'ai prouvé qu'il n'y avait pas même eu complot, et
que la police, la police seule, était responsable du sang
qui a coulé dans cette affreuse nuit :

Il y a donc ici absolution pour tous !

Persisteriez-vous, MM. les jurés, à vouloir condamner un citoyen si courageux, si probe, si humain?.. Et les échafauds politiques qu'il a contribués à abattre dans les journées de juillet, se relèveraient-ils pour lui? Non, non! vous rendrez donc Poncelet à la sociélé, à sa famille et à ses enfans, à la société qui a tant besoin de citoyens comme lui; à sa famille, à sa mère mourante, et qui gémit depuis sa captivité, à ses enfans, à ses malheureux enfans qui, sans lui, mourraient de faim, car le gouvernement qui n'accorda rien à ses services et à ses blessures n'accorderait sans doute rien à leurs larmes.

N. B. Accusé d'attentat, de complot et de meurtre sur la personne Houel, Poncelet a été condamné à la déportation comme coupable de complot. L'attentat et le meurtre ont été aussi résolus affirmativement, mais avec circonstances atténuantes, ce qui ramenait la condamnation pour ces deux crimes à la même peine.

9 782019 263676